Collection Fiction

DU MÊME AUTEUR

Le Roman de Bolaño, co-écrit avec Éric Bonnargent, Le Sonneur, 2015 (Points, 2020).
Une bouche sans personne, Aux forges de Vulcain, 2016 (Points, 2017).
Un funambule sur le sable, Aux forges de Vulcain, 2017 (Points, 2018).
Des mirages plein les poches, Aux forges de Vulcain, 2018 (Points, 2019).
Requiem pour une apache, Aux forges de Vulcain, 2020 (Points, 2022).
Le Second Souffle, co-écrit avec Jennifer Murzeau, Rageot, 2021.
Le Soldat désaccordé, Aux forges de Vulcain, 2022 (Le Livre de Poche, 2024).
La 4 ou la 14, Ballade pour un train, poésie, Zinc Éditions, 2024.

MARCHAND, Gilles. *Les Promesses orphelines*

ISBN : 978-2-37305-848-2
Dépôt légal : 1re édition, août 2025

Couverture : Elena Vieillard
www.elenavieillard.fr

Les Éditions Aux forges de Vulcain
1 rue de la Montagne
77600 Bussy-Saint-Martin
www.auxforgesdevulcain.fr

Les Promesses orphelines

Gilles Marchand

Les Éditions Aux forges de Vulcain

Pour Milo et Elliot

« Tout tableau... Et surtout tout portrait, se situe
au confluent d'un rêve et d'une réalité. »

Georges Perec, *La Vie mode d'emploi*

« Qu'importe si j'ai pris ce train, puisque
je l'ai fait prendre à des milliers de gens. »

Blaise Cendrars

Qu'est-ce qui fait une vie réussie ? Succès professionnel ? Succès amoureux ? Succès familial ? Amical ? Social ? Moral ?

J'ai longtemps cru que c'était une espèce de combinaison de tout cela. Une belle vie professionnelle et une famille aimante et souriante. Des pâtes dans l'assiette et un enfant dans le landau.

À l'adolescence, je me suis dit qu'une vie réussie était une vie qui changeait le monde ou, du moins, qui participait au progrès. C'était au siècle dernier, c'était après les guerres mondiales. Dans ces années où on priait le ciel pour que ça reste de l'histoire ancienne et où on lisait les journaux pour vérifier si la guerre froide n'avait pas pris quelques degrés. Depuis, on a lancé des trains toujours plus rapides à travers les plaines, creusé un tunnel sous la Manche, construit des tours vertigineuses, permis aux hommes et aux femmes de tous les pays de se connecter en même temps sur les mêmes réseaux, on a envoyé des Concorde et des fusées dans le ciel. Et surtout, je dis surtout parce que je ne supporterais pas que l'on s'habitue à cet événement : on a marché sur la Lune.

C'est que ça nous a apporté du rêve, cette histoire de conquête spatiale. C'était quand même mieux que de s'envoyer des missiles à la gueule. On rêvait grand, on rêvait loin, on rêvait ambitieux, aérien, rapide. On avait de l'amplitude dans les idées et de l'essence dans les moteurs. On ne manquait de rien, niveau fantasmes. Et ceux qui abandonnaient leurs rêves les laissaient pour les autres.

Il y avait Gandhi, il y avait Martin Luther King... Il y avait aussi Youri Gagarine et Neil Armstrong. À l'époque, on parlait uniquement des hommes, mais ça m'allait bien dans la mesure où je m'apprêtais à en devenir un.

Ça m'allait bien, mais je sentais que je n'avais pas les épaules. Je n'avais pas de prédispositions pour changer le monde. Je n'étais pas doué en maths, ni en physique, encore moins en chimie ou en biologie. Je n'étais pas non plus habile de mes mains : lorsque je coloriais, je débordais, lorsque je voulais coller un objet à un autre, c'était mes doigts qui se retrouvaient englués ; mes parents ont rapidement compris qu'il était plus sage d'exclure scies, sécateurs et autres objets tranchants de mes loisirs. Enfin, et c'est sans doute l'élément le plus déterminant si l'on a l'ambition de changer le monde, je n'avais pas une âme de chef.

Alors, je n'étais pas exigeant, et je me disais que je me serais bien contenté d'un rêve d'occasion, un que j'aurais trouvé sur le trottoir quand j'étais gamin. Je l'aurais retapé, un peu lustré, et j'en aurais fait un beau projet de vie. Alors que les Trente gloriaient, j'étais enfermé dans une petite maison isolée au centre de la France. Il n'y avait même pas de trottoir devant chez moi. De l'herbe, ça oui, il y en avait. Des mauvaises, pour la plupart. Et un peu de gravier.

Personne n'irait abandonner un rêve sur le bas-côté d'une départementale. À la limite, un automobiliste ingénieur en trop-plein de projets. Mais qu'est-ce qu'il serait venu faire ici ? Il n'y avait rien à ingénier là où j'habitais.

Le temps filait et j'observais ça depuis chez moi. J'attendais les nouvelles de Paris, où j'étais né, parce que j'avais la sensation que c'était là-bas que ça se passait. Ou aux États-Unis d'Amérique. N'importe où plutôt que dans mon hameau qui n'avait même pas de vrai nom. On l'appelait « le hameau ». À l'école, quand on me demandait où j'habitais, je devais indiquer le numéro de la départementale. Et mes camarades voyaient en gros où c'était. Entre la forêt et la forêt. Entre un champ et un champ.

Pour autant, je me suis accroché. C'était une époque folle. On y croyait. Tout était possible. Et je dévorais les magazines et les articles de journaux. Je voulais en être, je voulais participer d'une manière ou d'une autre à cette grande course en avant. Et si je n'avais pas une âme de chef, j'étais persuadé que je pouvais être un bon second. Au moins un bon troisième. Disons un bon équipier. Je savais que je ne serais pas celui qui irait dans l'espace, mais je voulais être de ceux qui allaient lancer la fusée. J'étais prêt à gratter l'allumette, à appuyer sur le bouton, et tant pis si la lumière allait sur les autres.

Et j'ai touché du doigt l'inatteignable.

Et le progrès s'est pris un choc pétrolier dans la gueule.

Et puis un TGV.
Tout ça, c’est un peu la même histoire.
C’est la mienne, en tout cas.
J’ai failli réussir ma vie.

1

Nous nous sommes rencontrés dans une boule à neige. Une boule à neige avec un couple de danseurs à l'intérieur.

Elle était derrière les flocons, derrière les danseurs. Elle m'a dit faut secouer, très fort. Elle a fait le geste, comme ça, au cas où je n'aurais pas compris.

Je n'ai pas osé secouer, je n'ai pas osé toucher. C'était comme si la boule était sacrée. Ou que j'avais peur qu'elle disparaisse.

Je n'ai pas bougé, j'ai attendu et elle est partie entre les flocons. J'ai plissé les yeux pour la regarder s'éloigner. Alors j'ai demandé combien coûtait la boule et je l'ai achetée. À n'importe quel prix, je l'aurais prise. Ce n'était rien que des francs, en ce temps-là les boules à neige se payaient en francs. J'ai ouvert mon porte-monnaie, j'en ai sorti deux pièces. Tant pis pour le tour de manège, tant pis pour la limonade.

Je suis ressorti à toute allure de la cahute. Rien à droite, rien à gauche. À part l'odeur des gaufres. Et puis celle des saucisses. Et les notes d'un accordéon qui se frayaient un chemin dans la poussière. C'est que ça tapait du pied, c'est que ça dansait, ça tournait sur soi-même, une valse en guinguette. La fête foraine battait son plein. Je suis allé devant la scène où un nouvel orchestre se préparait.

Elle n'y était pas.

Elle avait disparu.

En ce jour d'été 1954, du haut de mes huit ans, j'ai ressenti ce drôle de sentiment contradictoire : je savais que je ne serais plus jamais seul et, pourtant, jamais je n'avais été aussi seul.

J'ai sorti la boule à neige de ma poche au cas où elle y serait revenue. Le couple de danseurs m'a regardé d'un air désolé. Elle n'y était pas. Et l'accordéoniste avait arrêté de jouer.

Sur la scène, où une batterie s'ennuyait, les musiciens accordaient leurs instruments. Le ciel était lourd, le temps était lourd, mon cœur était lourd. Je me suis dit qu'elle repasserait sûrement au début du concert : tout le monde veut voir les musiciens quand ils s'apprêtent à jouer, c'est que c'est quand même pas tous les jours. C'était écrit sur les affiches : « Concert exceptionnel. » Je ne me souviens plus du nom du groupe. C'était peut-être bien « Arthur et son orchestre » ou « Arthur et ses musiciens ». Quelque chose comme ça - je dis *Arthur* parce qu'il faut bien coller un prénom sur ses souvenirs.

Quoi qu'il en soit, la nuit est tombée sans faire de manières, à l'heure prévue sur le calendrier punaisé sur le mur de la cuisine. Une petite foule s'est rassemblée devant la scène. On apercevait Arthur et ses musiciens à l'arrière. Ça fumait, ça rigolait, ça se tapait sur l'épaule pour s'encourager. C'était élégant.

« Ils ont la classe », avait souligné mon grand frère en me rejoignant.

J'ai assisté à tout le concert sans être complètement là. Ils jouaient les classiques qui faisaient danser la foule, façon André Verchuren, Aimable ou Yvette Horner. Il y avait des jeunes, des moins jeunes et quelques carrément vieux. Mon frère était à la fête, multipliant les pas de danse, jusqu'à ce qu'il voie arriver mes parents qui ont littéralement fendu la foule pour venir danser aux toutes premières loges. Ils se sont lancés dans une valse peu académique, avec un enthousiasme débordant.

« La honte », a commenté mon frère.

Moi, je les trouvais pas mal. On voyait qu'ils étaient amoureux, qu'ils étaient heureux. Et vas-y qu'ils tournoyaient, et vas-y qu'ils chaloupaient, et vas-y qu'ils roucoulaient. Dans ces moments-là, ils n'étaient que tous les deux.

De mon côté, je me voyais plutôt sur la scène. Et je l'imaginais, elle, devant. Nous échangerions des regards. Elle serait fière de me voir au milieu des autres musiciens. J'aurais la même coiffure qu'eux et même mon frère serait obligé d'admettre que, moi aussi, j'avais la classe.

Mais je n'étais pas sur la scène.

Et elle n'était pas devant.

Elle n'était nulle part.

Il y avait des centaines de mains qui applaudissaient. Il ne manquait que les siennes pour que la soirée soit parfaite.

Lorsque les musiciens ont commencé à ranger leurs instruments, mes parents ont commandé deux verres de vin et nous ont payé une limonade.

Le temps s'est adouci et ils ont décidé de laisser la camionnette au village et de rentrer à pied pour profiter des étoiles et des odeurs de la nuit. Mon frère a trouvé l'idée naze, mais il a suivi de bonne grâce.

Nous avons marché une demi-heure sous la Grande Ourse. Une boule à neige bourrée de souvenirs tout neufs enfouie dans la poche, j'ai vu une étoile filante. J'ai estimé que c'était un signe et j'ai fait un vœu. Un vœu d'amoureux.

2

Avant de nous installer définitivement dans cette maison, ma mère, mon frère et moi y passions nos étés. Et parfois quelques jours à l'automne. Et parfois en hiver. Et parfois au printemps. On aurait dû se méfier.

Mon père nous y rejoignait dès qu'il le pouvait, quand son travail lui laissait un peu de répit. Et quinze jours en été. Les meilleurs moments de notre enfance, ceux où on était tous les quatre et où on avait le temps. Les quinze jours où il n'y avait pas de réveil pour nous sortir du lit, où mon père était là au petit-déjeuner, où il nous emmenait pêcher les écrevisses, où il nous racontait ses histoires de travail. C'était aussi les quinze jours où ma mère était la plus heureuse. Lorsque mon père repartait, nous étions étourdis de rires et d'histoires. Chacun essayait de reprendre un peu sa vie, en s'occupant comme il pouvait.

C'était la campagne. C'est ce qu'on disait : « la campagne ». On aurait presque pu y mettre une majuscule. La Campagne. Quand ma mère prononçait les mots, on sentait le bon air frais, l'espace, l'odeur des champs et de la forêt. Quand mon père le prononçait, on entendait maison secondaire, villégiature, potager et réussite sociale.

Quant à mon frère et moi, on aurait préféré une maison au bord de l'océan. On aurait dit qu'on allait « à la mer » et ça aurait senti l'écume et les glaces à l'italienne et on aurait mis une majuscule à Mer.

Mais c'était toujours mieux que notre appartement à Paris. À ce qu'on disait, c'était la crise du logement. Mon frère et moi y avions notre chambre, les parents dormaient dans la salle à manger et c'était déjà pas si mal. J'avais des camarades de classe dont toute la famille vivait dans la même pièce. Au moins, à la campagne, on avait chacun notre endroit. Le grand luxe.

C'était les années 1950, les voitures roulaient la semaine dans les villes et le dimanche dans les champs. Avec l'exode rural, forcément, le prix du mètre carré a chuté dans les campagnes. Il y avait de bonnes affaires. Mes parents n'avaient pas de gros moyens, mais, s'ils ont renoncé à une maison accessible sur une journée, ils ont pu acquérir eux aussi une propriété en dehors de Paris. Ils l'ont trouvée sur annonce, « maison proche Orléans ». Il fallait deux à trois heures pour y aller. C'était un voyage, disait mon père, « il faut profiter du paysage ». Je crois qu'il était plus fier de sa maison que de sa réussite professionnelle. Pour lui, acheter son premier lopin dans le pays qui l'avait accueilli, ça avait des airs de consécration.

On a fini par bien l'aimer cette maison, mon frère et moi. Même si on s'y ennuyait un peu, nos parents y étaient heureux et ça se voyait. Et on a appris à dompter l'ennui. Il y avait les promenades, les petites et les grandes, celles des jours de pluie et celles pour se dégourdir les jambes, les balades utiles pour aller chercher du lait à l'épicerie du village et celles qui se nourrissaient de prétextes : fleurs des champs, coins de pêche et champignons, même si, dans la famille, on n'a jamais su distinguer un bon champignon d'un mauvais. On ramassait un peu au hasard. On prenait ceux qui n'étaient pas trop jolis, « les jolis, c'est des pièges », affirmait mon père. Ils finissaient par sécher au fond d'un vieux panier en osier qu'on laissait dans l'entrée. Mais peu importait, on avait fait notre promenade.

Pour la pêche, on était un peu meilleurs. On trouvait les coins poissonneux. Les endroits où il y avait des truites. « De la truite, disait un vieux voisin. Un coin où y a de la truite. » Comme s'il n'y en avait qu'une et qu'il fallait la sortir de là, une bonne grosse truite qu'on aurait mis une journée à cuire et un mois à manger, une qui aurait bouché la rivière et qu'on aurait sortie de son lit en s'y mettant à plusieurs. Une qui aurait fait le bonheur d'un quotidien national ou au moins de la gazette locale.

Ma mère immortalisait tous ces moments avec son appareil photo qui ne la quittait jamais.

C'est au cours de l'été de la boule à neige que j'ai rencontré Jacques.

« Un drôle de gamin, m'avait dit ma mère.

– Complètement débile », lui avait répondu mon frère.

Moi, je n'avais pas trop d'avis.

J'étais retourné à la fête foraine, au cas où la jeune fille s'y trouverait encore. Mon frère m'avait demandé pourquoi j'y allais alors que je n'avais plus de sous pour profiter des attractions. Je lui avais répondu que voir les attractions, c'était déjà en profiter. Et j'avais filé, à court d'arguments.

Il y avait ce gars étrange assis par terre qui regardait les autos tamponneuses. Les autres enfants s'amusaient et lui se contentait de regarder les autos se tamponner. C'était, à peu de choses près, le programme que je m'étais officiellement fixé. Sauf que lui avait un comportement pour le moins bizarre : il poussait des grands cris et moulinait des bras. De temps à autre, il se figeait et retenait sa respiration au point de devenir cramoisi.

Il devait déjà avoir quinze ou seize ans, le double de mon âge. Des yeux d'un bleu très clair, un peu ahuris, un peu tendres, un peu perdus, un peu tout ça à la fois. Je ne parvenais pas à savoir s'il regardait les gens ou s'il regardait à travers eux.

Il m'a tout de suite fasciné. Je n'avais jamais vu quelqu'un comme lui. Je crois qu'il me faisait un peu peur. Il a tourné la tête vers moi, m'a souri. J'ai fait mine de ne pas l'avoir remarqué avant, finalement, de m'approcher. Je me suis présenté, lui ai tendu la main. Je pensais que c'était ce qu'il fallait faire. C'était ce que faisaient les adultes, ce que faisaient les grands. Il a mis un moment avant de faire attention à moi. Et il a consenti à me serrer la main, sans me regarder.

Je lui ai demandé ce qu'il fabriquait :

« C'est quoi, ce truc que tu fais ? Pourquoi tu deviens tout rouge ? »

Il est resté immobile, a plissé les yeux. Il a laissé quelques secondes défiler d'un pas cadencé non dénué d'élégance, sans que rien ne se passe. Autour de nous, il y avait des cris, le bruit des autos tamponneuses, les voix des forains, « Barbapapa, pommes d'amour, qui osera aller dans le train fantôme ? Tir à la carabine, grande roue et en avant m'sieurs dames, n'ayez pas peur, approchez, saurez-vous être à la hauteur de notre toute nouvelle attraction ? Cinq francs m'sieurs dames, seulement cinq francs pour une expérience à couper le souffle ! » Et puis il a semblé revenir à lui. Et puis il m'a regardé. Et puis il m'a demandé : « Qu'est-ce que t'as dit ? » Alors j'ai répété, pour être plus sûr, j'ai tout répété, depuis « Bonjour, je m'appelle Gino » jusqu'à « tout rouge ».

C'est là que j'ai entendu pour la première fois sa voix. Elle n'était pas assortie à son regard. Ni même à son attitude. C'était presque une voix d'adulte avec un drôle d'accent venu d'un endroit inconnu. C'était comme s'il avait mis plein de vieux dans sa gorge et qu'il les laissait parler à sa place. Il a commencé à me raconter avec son drôle de débit, comme s'il reprenait sa respiration à chaque tronçon de phrase, comme s'il avait peur que la fin lui échappe.

« À force de se tamponner, les autos ont mal partout, on voit bien qu'elles ont mal, on voit bien qu'elles sont pleines de souffrances, elles se filent des beignes toute la soirée, c'est pas une vie, auto tamponneuse, c'est rigolo pour tout le monde, mais c'est pas une vie, pas pour elles, oh non pas pour elles, on devrait dire "auto-tamponnées", alors je me concentre, comme ça très fort, avec les yeux plissés et tout ce qui faut, et je récupère leurs douleurs, comme ça elles ont moins mal, et la fête continue et les gens sont contents et mon père il peut plus me dire que je sers à rin. »

Il s'est perdu dans ses pensées, avant de poursuivre :

« Gino, c'est pas français, comme nom. »

Il m'a demandé si ça voulait dire « Jean ». Je lui ai répondu que je ne savais pas comment le traduire. Je lui ai expliqué que mon père était italien et qu'il m'avait donné ce prénom pour que j'aie un peu d'Italie en moi.

C'était en référence à Gino Cervi, un acteur que mes parents avaient trouvé très beau dans un film sorti quelques années avant ma naissance : *Ettore Fieramosca*. L'histoire d'un mercenaire du XVIe siècle qui gagne des duels contre des Français et finit par épouser la châtelaine dont il est amoureux et qui l'avait éconduit au début du film.

Malheureusement pour moi, le Cervi n'avait pas gardé ses rôles de beau guerrier très longtemps : par la suite, il était devenu célèbre pour son rôle de Peppone, le maire de Brescello, adversaire de don Camillo. La référence était moins glorieuse.

Jacques a répondu « *Capisco* » et s'est de nouveau perdu dans ses pensées, loin, très loin. Il a ajouté un « Ils auraient pu choisir Fernandel, comme prénom ». Et puis plus rien.

Alors, histoire de meubler, je lui ai expliqué que mon père était venu en France dans les années 1930 pour fuir le fascisme et travailler dans les chemins de fer en région parisienne. C'est là qu'il avait rencontré ma mère, qui prenait des photos de trains et de voies ferrées. Comme mon père était malin, il a par la suite été embauché dans une autre maison, comme on disait. Et encore une autre. Et puis il a été repéré et il a gravi les échelons jusqu'à devenir quelqu'un d'important qui travaillait sur le plus haut téléphérique du monde.

Jacques s'est illuminé :

« Donc le plus haut téléphérique de l'univers ! »

Ça m'a plu.

De ce moment-là, je l'ai bien aimé. Je ne suis même pas certain que nous soyons réellement devenus amis. Disons que nous sommes devenus une présence l'un pour l'autre. Nous étions contents de nous retrouver. C'est sans doute grâce à lui que j'ai appris à raconter. Jusqu'à ce que je le rencontre, j'étais de ceux qui écoutaient, un spectateur. Il faut dire qu'entre mes parents et mon frère, il n'y avait plus beaucoup de place. Face aux silences de Jacques, il fallait bien, dans un premier temps, meubler. Dans un deuxième temps, raconter. Et c'est lui qui m'a mis sur la voie : dans ces années-là, ce n'est pas l'histoire du plus haut téléphérique du monde qu'il fallait raconter, mais celle du plus haut téléphérique de l'univers.

Pendant longtemps, lorsque nous nous rencontrions, je m'asseyais à côté de lui et je lançais une piste. Je parlais de la tour Eiffel, de l'Everest, de la bombe atomique, de ce que j'avais lu. Et je guettais ses réactions, j'observais pour comprendre à quel moment se rallumait la lumière dans ses yeux. Parfois, à son tour, il partait dans de longs monologues dont il perdait le fil, et finissait par s'arrêter, coupé dans son élan.

Cet été-là, je n'ai pas revu la fille de la boule à neige. Je suis allé tous les jours au village, arpentant les rues, ralentissant devant chaque boutique. Elle n'est jamais reparue.

Lorsque nous sommes repartis à Paris, je ne parvenais pas à cacher ma tristesse. Je me souviens que mon père m'a dit : « Je savais que tu finirais par t'attacher à cette maison. »

3

Une année est passée. Le temps d'avaler quelques pages de manuels scolaires. L'école élémentaire, la cour de récré, l'ennui du dimanche après-midi, une saison de pluie, une saison de froid avant de revenir. J'avais posé la boule à neige sur mon bureau. Je n'osais pas la secouer, de peur de l'user. Mon frère me disait que ça ne servait à rien d'avoir une boule à neige si c'était pour laisser la neige en bas. Et il ajoutait que c'était une boule à neige pour les filles. Parce qu'il y avait un tutu et un danseur en collants. Je lui répondais que Robin des Bois aussi avait des collants. Et Guy l'Éclair. Et Superman. À chaque fois, je trouvais un nouvel exemple. Mais lui me certifiait qu'il n'avait pas le souvenir d'avoir croisé un tutu dans les *comics*. Il était comme ça mon frère : intransigeant.

Dès qu'il sortait de la chambre, je secouais mollement la boule à neige, juste de quoi soulever les flocons de quelques millimètres pour qu'ils atteignent les chevilles de mes danseurs. Je me disais que si je devais danser avec mon inconnue, ça serait mieux pour tout le monde qu'elle ne me demande pas de porter des collants.

Mon père travaillait à la construction du téléphérique de l'Aiguille du Midi. On ne le voyait pas tous les jours mais, lorsqu'il était à la maison, on l'écoutait religieusement. « C'est pas n'importe quoi, nous expliquait-il fièrement. Le plus haut téléphérique du monde, bien plus haut que la tour Eiffel ! » À cette époque, je ne comprenais pas grand-chose à son métier. Il travaillait à l'installation du câble porteur. Il nous racontait la manière dont le câble avait été élaboré – je faisais semblant de comprendre –, il nous parlait des enjeux économiques – je faisais semblant de comprendre –, il nous racontait comment le câble allait être acheminé non pas par hélicoptère mais à dos d'hommes – cela me fascinait. J'avais l'impression qu'il reconstruisait les pyramides d'Égypte avec son armée d'esclaves. Je l'imaginais à la tête d'une troupe énorme qui lui obéissait au doigt et à l'œil. Je le voyais au sommet du mont Blanc, contemplant son royaume. Que dis-je ? Son empire. Son univers.

Il nous racontait que c'était le comte Dino Lora Totino qui l'avait recruté directement et spécialement. Il nous en parlait avec des étoiles plein les yeux et du vin rouge plein la gorge :

« Le comte, il a pas son pareil pour construire les téléphériques ! C'est grâce à lui, tout ça. Personne n'y croyait, à son affaire ! »

L'histoire était en fait un peu moins romanesque : une équipe franco-italienne s'activait depuis des mois sur l'Aiguille du Midi. Mon père, le plus italien des Français, faisait le lien parfait avec ce petit monde. Pour transporter quarante tonnes de câbles, et encore, je ne parle que de la dernière étape, il valait mieux bien s'entendre et bien se comprendre.

On avait pensé à déménager à Chamonix. On aurait été bien. On aurait été tous ensemble. Ma mère m'a confié plus tard que ça avait failli se faire mais que, pour plein de raisons, bonnes ou mauvaises, ils avaient décidé que l'on resterait à Paris et que mon père multiplierait les allers-retours.

Un jour, il nous avait rapporté de Suisse une photo dédicacée de Raymond Kopa. La Coupe du monde de football 1954 y avait eu lieu, à quelques kilomètres du chantier du téléphérique. Mon père avait pu assister à un match et croiser celui qui allait devenir notre héros. La France avait été éliminée, mais Kopa y avait marqué son premier but avec l'équipe nationale. Je me souviens d'une anecdote de cette Coupe du monde là : un homme qui avait estimé que Kopa n'avait pas été bon était allé le trouver pour lui dire que sa place était à la mine. Ça avait mis mon père dans une colère noire. On n'avait pas le droit d'insulter Raymond Kopa ! Et tous les immigrés ne travaillaient pas dans les mines, certains construisaient des téléphériques quand d'autres marquaient des buts !

Depuis, lorsqu'il était absent, une photo dédicacée de Raymond Kopa le remplaçait à table. On la déposait religieusement à la place de son assiette.

J'ai essayé d'évoquer la fille de la boule à neige avec Raymond Kopa – « monsieur Kopa », je l'appelais à l'époque. C'était trop tôt pour en parler à mes parents et je me disais que lui, il pouvait me comprendre.

En tant que footballeur, il devait en connaître un rayon sur les filles. Je crois néanmoins qu'il manquait d'éléments. En tout cas, l'honnêteté me pousse à dire qu'il ne m'a pas été d'un grand secours.

Je lui avais dit que je ne savais pas si j'y croyais vraiment, si j'étais amoureux ou simplement un peu seul. Après tout, je ne l'avais vue qu'une seule fois, elle était presque une amie imaginaire. C'est fou la place qu'elle avait prise en si peu de temps. C'est fou ce que je pouvais raconter, ce que je pouvais m'imaginer. Toute une vie défilait dans ma tête au cours de ces premiers mois, toute une vie avec des vacances et des enfants. Je nous imaginais revenir du travail le soir, nous retrouver chez l'épicier et nous demander ce qu'on allait préparer pour le dîner. Et les voyages que nous allions faire, les villes que nous allions visiter : Londres, Barcelone, Venise, Rome. Bien sûr, Rome. Ça devait être facile de s'aimer à Rome. En tout cas plus facile que tout seul dans la chambre de petit garçon que je partageais avec mon frère. Et puis Metz parce qu'on m'avait dit qu'on ne prononçait pas le *t* et Bruxelles parce qu'on m'avait dit qu'on ne prononçait pas le *x* et que je trouvais que ça faisait un bon début de conversation dans la voiture.

Monsieur Kopa me suggérait Reims, qui était aussi très jolie, et le château d'Angers, qui était très impressionnant. Et Nœux-les-Mines qui avait son charme. J'ai dû lui expliquer que l'idée n'était pas d'aller faire un pèlerinage sur ses traces, mais de vivre une longue et belle histoire d'amour.

Cette année-là, j'ai appris à reconnaître les constellations pour les lui montrer, j'ai essayé de mémoriser des poèmes pour les lui réciter. J'ai fait souvent ce rêve étrange et pénétrant d'une fille dans une boule à neige et que j'aime et qui m'aime et qui, malgré son tutu, était, chaque fois, ni tout à fait la même, ni tout à fait une autre.

Les jours ont commencé à rallonger, les soirées à s'étirer et on a fini par remplir le coffre de la camionnette pour aller à la campagne.

Dans le quartier, il y avait de plus en plus de voitures. Nous, on avait une camionnette. Mon père l'avait achetée d'occasion et nous disait qu'elle avait participé à la caravane du Tour de France. Il y avait écrit en gros « Cinzano » sur les deux côtés et trois bandes blanches faisaient le tour du véhicule. Ça avait une sacrée allure. Les gens s'arrêtaient pour la regarder quand elle était garée devant chez nous. C'était une pièce rare, un véhicule Renault complètement « recarrossé par Heuliez », nous avait-il expliqué, très fier de lui. Il disait que c'était ce que la France pouvait faire de mieux.

Il n'y avait que deux places à l'avant et mes parents avaient installé un système de banquette canapé à l'arrière, où on pouvait tenir à trois. Ça laissait un grand coffre qui sentait un peu l'alcool frelaté.

Quand nous partions à la campagne, nous embarquions tout un fatras de gros pulls sait-on jamais, de bottes au cas où, de maillots de bain ça peut toujours servir. Des serviettes de plage, un ballon, une trousse de premiers secours, deux lampes de poche, un bidon d'huile, une salière de belle taille, une vieille commode, un matelas, une lampe qui ne fonctionnait plus mais qui paraissait – d'après mon père – tout à fait réparable. Cet été-là, nous avions ajouté un couple de lapins cousins germains mais peu regardants sur la morale qui s'échappa dès notre premier arrêt et une vieille tante qui ne voulait pas rester seule pour les vacances et avait décrété que l'air de la campagne ferait du bien à ses rhumatismes. Au dernier moment, mon père a attrapé le jeu de clefs sur le guéridon dans l'entrée – on n'avait jamais su comment il était arrivé là, ni quelles portes il pouvait ouvrir, mais on les gardait, au cas où. Bref, tout ce qu'on ne s'était pas résolu à jeter au cours de l'année parce que, toujours selon mon père, « à l'exception de la Vieille tante, ça pourrait resservir ».

Mon père aimait bien plaisanter comme ça. Pour lui, tant qu'on n'était pas capable de faire une plaisanterie comme un Français, on n'en était pas encore un. Alors, dès qu'il en avait l'occasion, il décochait une petite vacherie. Avec ses yeux noirs rieurs et son petit sourire en coin, on voyait que ce n'était pas méchant. Et la Vieille tante, elle aimait bien quand il se moquait gentiment d'elle.

Nous avons quitté la ville sous les coups de klaxon des autres automobilistes qui devaient trouver que notre véhicule prenait trop de place et n'allait pas assez vite. C'était la théorie de ma mère. Mon père affirmait que, au contraire, tout le monde saluait l'héritage du Tour de France, la classe de notre camionnette. Et il faisait de grands signes amicaux à tout le monde et ça klaxonnait encore plus et mon frère et moi on ne savait plus où se mettre et la Vieille tante riait à gorge déployée.

La maison me parut un peu plus petite. Les mauvaises herbes avaient poussé. Mon père a mis ses poings sur les hanches en soupirant de bonheur : « Les vacances commencent. » Ma mère s'est placée à côté de lui, a passé un bras autour de sa taille et a calé sa tête sur son épaule.

« Comme c'est mignon, a déclaré la Vieille tante.

- Putain, la honte », a sobrement commenté mon frère.

J'ai déposé ma valise dans ma chambre, ouvert la fenêtre dans l'espoir que la poussière, voyant qu'elle n'était pas désirée, prenne d'elle-même la décision de se retirer, et j'ai filé dans le garage pour enfourcher sans plus attendre mon vélo. Sous prétexte d'aller chercher du pain, j'ai pédalé comme jamais je ne l'avais fait. Mes parents étaient ravis d'avoir un fils si serviable. Mon frère était heureux d'avoir quelqu'un qui non seulement le débarrassait d'une corvée, mais que, en plus, il pourrait traiter de fayot. Quant à moi, je n'avais qu'une idée en tête. La revoir.

J'ai pris mon temps pour poser mon vélo, marcher jusqu'à la boulangerie et faire tinter le petit grelot de l'entrée. Le temps de la laisser apparaître, le temps du miracle, le temps des cerises.

Je suis entré dans la boulangerie sans qu'elle apparaisse, j'en suis ressorti sans qu'elle apparaisse. Je suis revenu chez moi sans qu'elle n'apparaisse jamais. Ni devant la pharmacie, ni devant la boucherie, ni devant la mercerie, ni devant la « marchande de robes moches », comme l'appelait mon père - ce à quoi ma mère lui répondait qu'il s'agissait de tabliers – mon père reprenait alors « la marchande de tabliers moches » – ma mère lui expliquait que les tabliers n'avaient pas besoin d'être élégants et qu'ils avaient essentiellement un usage pratique – mon père rétorquait que c'était à cause de ce genre de raisonnements que les dinosaures avaient disparu – « je ne vois pas le rapport », ajoutait ma mère – « je me comprends », concluait mon père.

Et j'ai ré-enfourché mon vélo le lendemain.

Et le surlendemain.

Et le jour d'après.

« Le septième jour, Dieu se reposa. » Pas moi.

J'ai enfourché, réenfourché, renfourchonné, ronchonfourchonné, rageanfourchonné. J'ai sué, ragé, prié. Ça n'a rien changé.

Et j'ai entendu des moteurs, de la musique dans un haut-parleur. J'ai mis un pied au sol pour regarder passer les camions. Ils étaient immenses et multicolores. Ils roulaient fenêtres ouvertes laissant apparaître des avant-bras musclés et tatoués d'où pendait parfois une cigarette. C'était comme un train infini sur la route, un défilé du 14 juillet en moins ordonné et en plus campagnard. Ça bruissait et ça pétaradait, ça hurlait et ça explosait de partout dans un grand nuage de poussière.

Les forains arrivaient.

Je suis resté sur le bord de la départementale, entre le village et la maison, étourdi, plus certain de ce qui venait de se passer. Mes oreilles sifflaient, mes yeux piquaient.

« Les autos tamponnées ! »

Le hurlement m'a fait sursauter. C'est Jacques qui était là. La seconde d'avant, il n'y était pas. J'étais au milieu de la campagne, sur mon vélo, et il était apparu. Il a commencé à me parler comme si nous nous étions quittés la veille :

« C'est vrai que t'es un Rital ? C'est mon père qui m'a dit ça, il m'a dit Gino c'est un nom de Rital, j'y ai dit non, Gino c'est un Italien, j'y ai dit non, Gino c'est mon copain, un Rital tu sais ce que c'est toi ? Ça vit en Ritalie, il a dit mon père, et il a rigolé, avec sa grosse voix pas propre, la voix que j'aime pas, celle qui se moque tout le temps, qui dit que chui pas fini, qui dit que je ferai jamais rin, qui dit que chui un raté, qui dit de le laisser tranquille, qu'il a du travail alors qu'y travaille pas, qui fait rin de sa journée, qui fait rin de sa soirée, à part picoler et me dire que chui moins que rin, moins qu'un lapin, moi j'aime bin les lapins, il le sait c'est pour ça, c'est sa manière de m'dire, qu'il m'aime bin malgré que j'sers à rin. »

Il m'a serré la main pendant une éternité et il est reparti en direction du village sans que je puisse lui raconter mes nouvelles anecdotes à propos de la tour Eiffel ou du téléphérique du mont Blanc.

Histoire de Jacques

Autant vous le dire tout de suite, Gino fut le meilleur, voire l'unique ami de Jacques.

C'est au moment où les Allemands envahissaient le nord du pays qu'il vint au monde. Ses parents n'avaient pas à proprement parler formé un couple heureux, mais ils savaient vivre ensemble. Son père était charron et ne manquait pas de travail. Sa mère s'occupait de la maison, du potager et des poules. Ils comptaient sur l'arrivée de leur premier enfant pour apporter un peu de joie à leur vie sans relief. L'accouchement se passa mal, la sage-femme, occupée par un autre accouchement, arriva tard. Trop tard. Jacques avait le cordon enroulé autour du cou. La mère avait perdu du sang. Beaucoup de sang. Trop de sang. Elle ne survécut que les quelques minutes nécessaires pour prendre son enfant dans les bras.

Le père de Jacques tint son fils pour responsable. Il refusa toute aide de l'extérieur, s'occupa de ce bébé pour lequel on doutait parfois qu'il ressentît la moindre affection.

L'enfance de Jacques ne fut pas bercée par un flot d'amour ou de tendresse. Il marcha tard, parla tard et mal. Les enseignants ne surent pas quoi faire de cet enfant singulier dont on disait que le cerveau avait manqué d'oxygène à la naissance. Il subit les railleries de ses camarades, servit parfois de tête de Turc. On le déscolarisa dès que cela fut possible sans que personne n'y trouvât à redire.

Il apprit vaguement le métier de charron, ou disons qu'il apprit à tendre les outils que son père lui maugréait de lui passer.

Le père de Jacques n'avait jamais été un chic type. Au village, si on allait le voir, c'est qu'on y était bien obligé. Il faut reconnaître qu'il faisait du bon boulot. Néanmoins, après-guerre, l'arrivée du pneumatique commença à lui faire du mal. La roue en bois n'était plus à la mode. Il restait bien quelques charrues, mais les tracteurs arrivaient en force.

Cela n'arrangea pas les humeurs du paternel qui se vengeait copieusement sur ses bouteilles et, disait-on, parfois sur son fils.

Pour fuir les coups, Jacques prit l'habitude de partir à travers champs et de ne revenir qu'à la nuit tombée.

Au village, on avait un peu honte de cet enfant que l'on avait plus ou moins abandonné à son père et à son sort et dont la logorrhée mettait tout le monde mal à l'aise.

Jacques n'avait pas hérité de la colère de son père. Pas encore, en tout cas.

Pour autant, on l'évitait autant que faire se pouvait. À part, donc, Gino.

Si tout le monde aimait bien Gino, celui-ci mit du temps à s'en rendre compte. Peut-être parce qu'il idéalisait son frère aîné dont il se sentait l'inférieur sur tous les plans. Avec Jacques, il se sentait important. On l'écoutait et on le regardait.

C'est à Gino que Jacques expliqua, un soir, qu'il avait une amoureuse. Une jeune femme du village d'à côté. La fille du laitier qui était bien gentille et qui lui donnait toujours un verre de lait quand il passait par là. Quand ils étaient petits, ils avaient été dans la même classe. Si, comme tout le monde, elle trouvait que Jacques avait un drôle de regard pas comme les autres, elle ne soupçonna jamais que le cœur du jeune homme se consumait pour elle. Un matin, elle partit pour un autre village. Elle avait trouvé un mari. Un qui avait un regard normal, un qui avait une ferme et des terres. Jacques ne s'en était jamais remis. Il était allé plusieurs fois essayer de la revoir et s'était fait à chaque fois chasser par le mari, qui voyait d'un mauvais œil la visite de ce type bizarre. La dernière fois, il avait été accueilli par le fusil de l'époux et le regard noir de l'épouse. Jacques avait fait demi-tour et n'était plus jamais revenu. Le fusil, ça pouvait aller, mais le regard noir de son amoureuse l'avait blessé au plus profond de lui.

Jacques ne comprit jamais ce qui avait bien pu se passer. Que l'amour qu'il avait ressenti ne soit pas réciproque était un mystère qu'il ne parvenait pas à percer. Et la présence du mari était un élément de l'équation qu'il avait à peine remarqué.

Gino n'a jamais eu conscience d'avoir offert à Jacques les meilleurs moments de sa vie. Des moments normaux. Des conversations sans jugement, des rires, des joies simples.

Avant de reprendre le cours de notre récit, notons que l'influence de Jacques sur Gino fut très importante. Lorsque Gino racontait les histoires, il avait en quelque sorte un double héritage bancal : la langue italianisée de son père et celle toute brinquebalante de Jacques. Jamais il ne parvint à se défaire de cette syntaxe biscornue qui n'était pas rédhibitoire à l'oral, mais ne pardonnait pas à l'écrit. Plus le cours de son récit avançait, plus les mots se bousculaient, se chevauchaient, sortaient parfois dans le désordre. Dans une cour de récréation ou, plus tard, dans un café, personne n'y trouvait à redire : on mettait au contraire cela sur le compte de l'enthousiasme et de la passion. Sur ses copies, en revanche, le stylo rouge du corps enseignant faisait des ravages.

RÉCLAME

Réalisez son rêve ! Offrez-lui un appareil Kodak.
C'est un merveilleux cadeau
qui sera la source de joies inépuisables.

La SUZE ouvre l'appétit
mais barre la route à l'obésité.
C'est pourquoi la SUZE est l'apéritif préféré
de la femme soucieuse de conserver sa ligne.
Avec la SUZE, apéritif à la gentiane, plus de régime
fastidieux – mais au contraire toutes les joies de
la bonne chère sans appréhension ni restriction.
SUZE, l'amie de l'estomac.

Les photos de l'été... Joie de l'hiver !
Grâce à la projection des vues noir ou couleurs
sur l'écran qui leur restitue la vie.
Ou à l'agrandissement qui facilite l'examen des
négatifs et offre d'infinies possibilités
pour en tirer le maximum.
Vente en gros TIRANTY, 106 bd Haussmann – Paris

4

Paris se portait bien. Je ne m'en rendais pas compte. Finalement, je ne connaissais de la capitale que le chemin qui menait de l'appartement familial à mon école. Mais Paris se portait bien. Les marteaux piquaient un peu partout. Si ce n'était pas les grands travaux d'Haussmann, ça démolissait et ça reconstruisait quand même pas mal. C'est le genre de périodes dont on dirait plus tard que c'était le bon temps. Ah ça, ma bonne dame, c'était le bon temps.

À la maison aussi, c'était le bon temps, même si on ne voyait pas beaucoup mon père qui multipliait les allers-retours entre Paris et les Alpes : le téléphérique allait bientôt être inauguré.

Lorsqu'il revenait, il nous expliquait dans les moindres détails toute la complexité technique du chantier. Nous, ce qu'on préférait, c'était quand il nous racontait les soirées avec ses copains de là-bas. On voyait que ça le rendait heureux. C'est parce qu'il n'avait jamais été si près de l'Italie depuis des années, le taquinait ma mère.

Il nous disait qu'on irait dès que ce serait prêt, qu'on serait les premiers à monter dans la cabine,

« après le préfet et les huiles », bien entendu. En bon fils d'immigré italien, j'imaginais le préfet monter dans le téléphérique avec des jarres d'huile d'olive.

Quand il ne parlait pas, il mangeait.

Quand il ne mangeait pas, il buvait.

Quand il ne buvait pas, il se reposait.

Il rêvait de câbles imaginaires, tous plus longs et plus hauts les uns que les autres, il rêvait que Dino Lora Totino lui confiait le chantier du téléphérique de l'Etna. Lui aussi, il rêvait d'être le premier homme à aller sur la Lune, mais pas avec une fusée, avec un téléphérique. Et des bons câbles tirés par son équipe franco-italienne.

Pour protéger ses rêves, nous évitions de faire trop de bruit. Nous faisions nos devoirs en guettant son réveil, parce qu'on savait qu'il allait bientôt se remettre au volant de sa camionnette pour avaler les kilomètres, rejoindre son équipe alpine et s'éloigner de nous.

Le bon temps n'a pas duré. Pas à la maison, en tout cas.

Il était tard lorsqu'on a frappé à la porte. C'était la concierge qui gueulait qu'il y avait un appel et que c'était important. Elle a dit ça avec une grosse voix même s'il était tard. Une grosse voix de choses importantes. J'ai entendu les pas de ma mère dans les escaliers. Je les ai entendus sur les pavés de la cour. J'ai entendu le cri et puis les pleurs. Et mon frère s'est levé et nous nous sommes regardés et nous ne savions pas quoi faire et nous sommes restés comme ça sans bouger et nous savions que c'était grave et nous n'osions pas nous dire que c'était la première fois que nous entendions maman pleurer et je crois bien, oui, je crois bien qu'au fond de nous, nous savions déjà ce qui s'était passé. Alors, comme deux automates, nous nous sommes avancés dans le couloir et c'est mon frère qui était devant, c'est à ça qu'on reconnaît les grands frères, ils sont toujours plus forts pour ce genre de choses et ce n'est pas une question d'âge, et donc il s'est avancé et nous avons descendu les escaliers et nous avons traversé la cour jusqu'à la loge de la concierge et maman avait un visage que nous ne lui connaissions pas, elle était assise par terre, le combiné du téléphone à la main, et elle nous a pris dans ses bras, nous a dit accident, nous a dit la Cinzano percutée par un autre véhicule et c'est tout.

C'était tout.

Le sol de la loge s'est fissuré et la fissure s'est étendue au reste de l'immeuble puis au quartier, à l'arrondissement et au monde entier. Elle est devenue une faille, puis un gouffre. Nous ne savions pas quoi faire. On y a mis un paquet de larmes, de cris et de colère pour tenter de colmater la brèche, mais ça n'a pas suffi. On nous a regardés bizarrement. C'était l'après-guerre et, dans un monde qui venait de perdre des millions d'innocents, nous avons compris qu'il fallait jouer le malheur discret. Alors ma mère a mis un mouchoir sur la faille et nous avons fait semblant d'aller mieux.

À l'enterrement, le curé a raconté une histoire de paradis et de ciel. J'étais sonné et je n'ai pas réussi à tout écouter, à tout comprendre. J'ai retenu

« paradis » et « ciel ». Il était donc là-haut, encore plus haut que son téléphérique. Et il ne reviendrait ni pour les week-ends ni pour les vacances.

Dans les semaines qui ont suivi, un petit homme en costume est venu frapper plusieurs fois chez nous. Ma mère ne l'aimait pas. Au début, elle a même refusé de lui ouvrir la porte. Il a insisté.

J'ai su plus tard que c'était un avocat. Il affirmait que la mort de mon père était certes accidentelle, mais que la voiture responsable du drame appartenait à l'armée américaine. Une voiture de la base aérienne de Damblain qui n'avait rien à faire à plusieurs dizaines de kilomètres de là. On pouvait obtenir « réparation ». Ma mère a fini par signer ici et encore ici et puis là et là. Et un jour le petit homme est reparu avec un chèque et un sourire mi-contrit mi-fier qui n'a pas réparé grand-chose.

La Vieille tante était chez nous ce jour-là – c'est elle qui m'a raconté tout ça. Elle m'a dit que ma mère avait failli s'évanouir en voyant le montant.

« Ma foi, c'était une somme un peu folle qui permettait de mettre toute la famille à l'abri du besoin pour quelque temps. »

On m'a parfois dit que si je rêvais de trains et de fusées, c'est parce que j'avais gardé une haine de la route. Je crois plutôt que j'ai hérité des rêves de mon père. Il n'a pas construit un simple téléphérique, il a construit le plus haut de l'univers.

C'est ça que m'a laissé mon père. Des promesses de grandeur. Et un prénom italien.

La vie continue, paraît-il. Alors on a continué, sans trop changer nos habitudes. Même s'il faut avouer qu'il nous a fallu du temps pour parvenir à rompre le silence qui s'était installé. On ne savait pas quoi dire, tout nous paraissait inutile ou futile, à côté du manque qui nous transperçait.

Ça devait être pareil sur le téléphérique. Je ne sais pas comment ils ont fait sans mon père, mais ils y sont parvenus. J'aurais bien aimé qu'il voie ça. Peut-être même qu'il aurait été interviewé à la radio, avec son accent tout italien. Ah ça, il aurait su en parler comme personne de ses câbles portés à dos d'homme. Toute une équipe harnachée qui bravait les éléments à flanc de montagne, en chantant *Bella Ciao* et *Le Temps des cerises*, ça devait être beau à voir.

Raymond Kopa – c'est à la mort de mon père que j'ai cessé de l'appeler « monsieur Kopa » – nous a été d'une grande aide. Sa photo dédicacée ne quittait plus la table. C'était bien d'avoir une présence paternelle à nos côtés. Je lui disais qu'il avait bien fait de ne pas écouter les conseils de cet homme qui lui avait dit de retourner à la mine. Il poursuivait une belle carrière et remplissait les stades. À la maison, c'était différent, il était entièrement à notre écoute, jamais un mot plus haut que l'autre.

La Vieille tante aussi a été très présente. Elle venait quasiment tous les jours. Avec un journal ou un livre. Elle, elle n'arrêtait pas de parler, comme si elle avait peur du silence. Elle disait qu'il ne fallait pas se laisser abattre, qu'on était jeunes et que la vie nous tendait les bras.

« Ma foi, on vit une époque formidable, les guerres sont derrière nous. Il y a tout à inventer, mes p'tits gars. C'est pas seulement de reconstruction qu'il s'agit, faut pas croire. Faut inventer le monde de demain ! »

La Vieille tante a un jour laissé sur la table de la cuisine le journal qu'elle avait apporté. C'était au mois de mars 1956, je venais d'avoir dix ans. Mon premier anniversaire sans mon père.

Un titre m'a happé : « Mme Joliot-Curie est morte. »

Je ne connaissais pas madame Joliot-Curie, mais la nouvelle semblait terrible. Et puis, en lisant l'article, j'ai découvert que son père s'était fait écraser par un camion quand elle avait dix ans.

Je trouvais que ça faisait une sacrée coïncidence. Lorsque j'en ai parlé à Raymond Kopa, il a opiné du chef, comme il le faisait à chaque fois pour manifester son approbation.

À partir de ce jour-là, j'ai commencé à m'intéresser sérieusement aux journaux et aux magazines en tout genre. La Vieille tante m'en rapportait à chacune de ses visites. Il était beaucoup question de politique et je ne comprenais pas tout : je regardais surtout les images. Et les gros titres. Les Américains faisaient des essais atomiques un peu partout et en avaient l'air assez satisfaits : aux îles Marshall, au Nevada, au Nouveau-Mexique. Ça faisait de belles photos à la une.

Mon frère me demandait comment je pouvais passer autant de temps à lire et avoir d'aussi mauvaises notes. Il avait raison. À l'école, la maîtresse me reprochait d'être trop distrait. Elle me disait qu'il fallait que j'apprenne à rester concentré. Et je dois bien avouer que, même lorsque je lisais, mon esprit décrochait. La moindre photo était le début d'une aventure dont j'étais, si ce n'est le héros, tout au moins un honnête protagoniste, un figurant. Ou un membre de l'équipe de mon père dont il pourrait être fier.

5

Mon frère était toujours aussi bon élève, moi toujours un élève que les enseignants appréciaient. Ma mère s'occupait du foyer et regardait les petites annonces pour trouver un travail. La Vieille tante nous rendait visite régulièrement. Elle nous apportait son rire, ses histoires et ses journaux. Ça faisait du bien, mais il n'y avait plus papa pour se moquer gentiment d'elle. Mon frère le faisait à sa place, il apprenait et elle faisait semblant de s'offusquer comme avant.

C'était un *comme avant* qui ne ressemblait pourtant pas vraiment à avant. Et si Raymond Kopa était parvenu à remplacer mon père quand ce dernier était dans les Alpes, le rôle était trop imposant pour le jouer toute une vie, tout Raymond Kopa qu'il était. Il avait autre chose à faire, une carrière à mener, des entraînements, des compétitions, des buts à marquer. On disait même qu'il allait partir jouer à Madrid, alors forcément, ce n'était plus comme avant. Il avait néanmoins toujours un mot gentil ou encourageant. Ah ça, Raymond Kopa était bien élevé : lorsque ma mère déposait le plat sur la table, il ne manquait pas de nous souhaiter un bon appétit.

Au printemps de cette année 1956, nous étions réunis autour de la table ronde de la cuisine. Dans son beau survêtement de l'équipe de France, le footballeur nous tenait au courant de ses dernières prouesses. Mais nous, ce qu'on préférait qu'il nous raconte, c'était le soir où il avait rencontré notre père. Il s'essuyait la bouche et nous répondait avec sa voix posée qu'il s'en souvenait très bien. « L'homme du plus haut téléphérique du monde, c'est bien ça ? » On était émerveillés qu'il s'en souvienne : il avait dû en voir, du beau monde ; un stade, ça contient beaucoup d'ingénieurs et de spécialistes en câbles.

Mais cette fois-ci, ma mère ne l'a pas laissé aller au bout de son histoire. Elle nous a annoncé qu'elle avait quelque chose à nous dire.

Mon frère a posé délicatement son couteau et sa fourchette de chaque côté de son assiette.

« Nous allons déménager. »

J'ai demandé où.

« À la Campagne. »

Elle avait mis la majuscule à campagne. Elle parlait bien de cet endroit perdu au milieu de nulle part. Pour vérifier, j'ai demandé :

« À *notre* Campagne ? »

Ma mère a opiné du chef.

Mon frère a dégluti, regluti et redégluti avant de conclure par un simple gluti.

Il y a eu un grand silence, comparable à celui de Pie XII pendant la Seconde Guerre mondiale, à propos duquel j'avais lu quelques lignes dans le journal.

Raymond Kopa s'est épongé le front, a réajusté le col de son survêtement.

« Déménager à titre temporaire ? Pour les vacances ? »

Ma mère a fait *non* de la tête. Un *non* grave et très officiel. Pas le genre de *non* qu'on se permet de remettre en question. Un vrai *non* de chef de famille.

Elle a pris sa respiration avant de nous expliquer qu'elle ne voulait plus végéter dans cet appartement. Parce que le temps passait trop vite, parce que le monde tournait autour du soleil à une vitesse qu'on ne s'imaginait même pas. Hier encore, elle avait dix-sept ans et aujourd'hui, elle ne savait même plus. Quarante ? Bientôt cinquante ? Ça filait, ça filait et ça ne reviendrait pas. Et ça ne reviendrait pas. Jamais. Elle avait essayé de calmer l'horloge de la salle à manger, mais rien à faire. C'est le temps qui gagne, c'est toujours le temps qui gagne. Et pour célébrer sa victoire, il fait mal aux genoux et au dos et il ride les visages. Et on dit c'est normal, ce n'est pas grave, il faut accepter. Ma mère, elle voulait bien accepter, mais à condition d'avoir vécu sa vie. Elle aimait notre père, oh ça, elle l'avait aimé comme elle n'avait jamais aimé un homme. Seulement, il n'était plus là et il ne reviendrait pas et ici, on n'avancerait plus. Alors fallait partir, tous les trois, on allait recommencer quelque chose. Elle allait trouver un travail, on allait changer le décor. Elle voulait du beau, elle voulait du vert, du grand air, elle voulait voir l'horizon et puis des arbres, plein d'arbres dont les branches s'entremêlent, elle voulait de l'oxygène, de la chlorophylle, elle voulait être libre dans cette maison où nous étions si heureux l'été.

Il n'y avait rien à répondre à tout cela, mais à vrai dire, personne ne la comprenait vraiment.

Alors qu'on construisait autour de Paris de magnifiques immeubles avec eau courante, électricité et tout le confort moderne, nous allions nous exiler à la campagne. La concierge a essayé de dissuader ma mère. Le coiffeur a essayé de dissuader ma mère, la boulangère a essayé de dissuader ma mère, le maraîcher a essayé de dissuader ma mère, le vitrier qui habitait au coin de la rue a essayé de dissuader ma mère. Même le directeur de l'école a essayé.

Quant à la Vieille tante, elle semblait abattue. « Ma foi, vous allez bien me manquer, mais je viendrai vous voir souvent si vous m'y autorisez. »

On a dit au revoir à nos camarades de classe. On a fait le tour du quartier, salué tout le monde. C'est que ça faisait un paquet de visages qu'on n'allait plus revoir. Pour dire vrai, personne ne comprenait cette décision.

Je me souviens du dernier soir à l'appartement. On avait ouvert une bouteille de vin que mon père avait gardée pour les grandes occasions. Ma mère a dit qu'on ne trouverait pas un meilleur moment. Elle nous a servi trois verres. Il faisait doux, la fenêtre côté rue était ouverte. Il y avait encore des enfants qui jouaient sur le trottoir. J'ai commencé à regarder. C'était comme si mes yeux se nourrissaient une dernière fois de Paris. Je voulais imprimer chaque millimètre de cet angle de rue que je connaissais par cœur, me souvenir de chaque petit bout de vie qui avait croisé la mienne. Le réverbère m'a fait un clin d'œil, mais je voyais bien que lui aussi avait essayé de convaincre ma mère de rester. J'ai croisé le regard d'un homme qui tenait un enfant par la main. Il avait une cigarette à la bouche, ce qui ne l'empêchait pas de parler avec emphase. J'ai oublié ses mots, alors que je m'étais promis de m'en souvenir. J'ai gardé néanmoins en moi le souvenir de ce visage d'enfant masqué par une grande écharpe, malgré la température. J'ai gardé aussi la silhouette de cette femme qui est passée avec un chien qui s'est soulagé au pied du réverbère. J'ai réalisé que je ne m'étais jamais demandé comment les chiens de la campagne faisaient sans réverbère.

Après, plus rien.

Rien du voyage.

Rien de l'arrivée.

Et ma nouvelle école n'était pas si mal.

Et on avait davantage de place à la maison.

Et la pension de mon père.

Et les indemnités des Américains.

Et la vie a continué.

Et ma mère a recommencé à sourire.

6

Ma mère nous déposait à l'école et au collège tous les matins. Il y avait un car de ramassage qui passait devant la maison, mais elle tenait à ces petits moments à nous avant de commencer la journée. Elle avait remplacé la camionnette Cinzano par une Alfa Romeo Giulietta. Une voiture italienne en hommage à mon père. On peut dire qu'elle faisait forte impression.

La nuit, c'était une autre affaire. Parfois, je l'entendais pleurer. Avec mon frère, on faisait semblant de rien. Mais ce n'est pas facile de faire semblant de rien, c'est une curieuse attitude encombrée de trop de sentiments pas faciles à porter. Alors, de temps à autre, on lui apportait un verre d'eau ou on cueillait des fleurs qu'on déposait devant la porte de sa chambre. Et le matin, ça allait mieux. C'est la nuit qui ne lui allait pas, à ma mère. Sans l'éclairage des réverbères de la ville, l'obscurité lui rappelait trop la couleur du deuil.

Elle avait trouvé un emploi et renoué avec ses premières amours photographiques. Elle travaillait pour une entreprise de cartes postales. Le phénomène avait pris une ampleur incroyable. Son patron s'appelait Jean Combier. Je ne l'ai jamais rencontré, mais ma mère m'a raconté qu'il avait fait la Grande Guerre. Elle disait ça avec un ton solennel. Il fallait le respecter, le Jean Combier. Il paraît que, même au front, il avait fait des photos qu'il vendait à ses camarades. Toujours est-il qu'avec les congés payés, les vacances et la planète qui tournait à cent à l'heure, tout le monde voulait sa carte postale. Chaque commune voulait se montrer, s'afficher en petit format et voyager à travers les sacs postaux et les boîtes aux lettres.

Pourtant, ce n'était pas toujours évident de trouver un monument digne d'être immortalisé. Mais au diable l'immortalité des monuments, une montagne faisait l'affaire. S'il n'y avait pas de montagne, une colline suffirait. Pas de colline ? Un lac et c'était bon. Pas de lac ? On se satisfaisait d'un cours d'eau, de la façade de la mairie, de la fontaine, de la petite rue avec les commerces, de la salle des fêtes ou du camping. Tout le monde n'avait pas la chance d'habiter à Venise. Alors, forcément, toutes les cartes n'étaient pas magnifiques... Mais toutes les cartes existaient avec la mention « Cim » pour « Combier imprimeur Mâcon », et c'était bien ça le plus important.

Combier ne pouvait pas tout photographier. Pensez donc : on parle de dix mille photographies par an. Il avait recruté des représentants un peu partout dans le pays. D'après ce que j'ai compris, ma mère l'avait rencontré au moment de l'affaire avec l'armée américaine. Combier négociait des avions pour faire des photographies aériennes, quand elle était allée chercher les documents de l'accident de mon père.

Après qu'elle lui eut envoyé ses premiers clichés, son patron lui avait dit qu'elle était douée pour percevoir le beau dans le moche. Il avait ajouté plus tard qu'il n'avait jamais vu personne d'aussi fort qu'elle pour trouver du clinquant dans le néant. Il pouvait l'envoyer partout, elle dénicherait une façade photogénique ou un bout de fontaine. Alors, elle élargissait ses cercles de prospection photographique avec sa Giulietta et allait de plus en plus loin.

Elle sillonnait la région avec une sacoche bourrée de pellicules.

À son retour, elle nous détaillait le nom des villes où elle était passée. La Ferté-Saint-Aubin, Ménestreau-en-Villette, La Motte-Beuvron, Yvoy-le-Marron, Brinon-sur-Sauldre, Marigny-les-Usages, Chilleurs-aux-Bois, Jouy-en-Pithiverais, Bazoche-les-Hautes, Boulay-les-Barres. Au début, on pensait qu'elle inventait, qu'elle imaginait des noms pour nous faire marrer. Alors, avec cérémonie, elle sortait ses cartes routières, nous montrait son trajet et pointait du doigt le nom des communes. Parfois, elle commentait :

« Tripleville, contrairement à ce que son nom indique, c'est tout petit. À Secouray, il n'y a pas de secouristes. À Jouy-le-Potier... Il n'y a plus de potier. »

Une autre fois, en rentrant d'un séjour en Corrèze, elle a posé ses affaires dans l'entrée et nous a regardés, mon frère et moi. Je me souviens, nous étions en train de faire nos devoirs sur la table de la cuisine.

« Les enfants, j'ai photographié Cosnac, Albignac, Vergonzac, Paulhac, Poissac, Seilhac, Espatignac, Espagnac, Marliac, Touzac, Le Liac, Juillac, Treignac, Lubersac, Meyssac, Marsac, Vassagnac, Beyssenac... Si vous avez besoin d'une rime en "ac", je suis là. En attendant, servez-moi un cognac.

– Ou un armagnac ? » a demandé mon frère.

Y a pas à dire, il était fort.

Être une femme seule avec deux enfants dans la campagne des années 1950, faut pas croire, c'était pas si facile.

Être une femme et conduire une belle voiture italienne pour foncer à travers nationales et départementales, faut pas croire, c'était pas si facile.

Avoir un travail qui l'éloignait parfois plusieurs jours de la maison, faut pas croire, c'était pas si facile.

Passer ses heures de repos à frotter les sols, faire la lessive à la main et s'occuper des enfants, faut pas croire, c'était pas si facile.

Ma mère s'est efforcée de nous protéger de tout ça. Elle s'était caparaçonnée contre à peu près tout. Elle disait que ça irait mieux quand on serait raccordés à l'eau courante et au gaz, et elle filait à bord de son petit bolide. Autant vous dire que ça cancanait dans les chaumières. D'autant qu'on ne nous voyait pas souvent à la messe. En ce temps-là, l'église était pleine et son parvis faisait office de café du commerce. Ça dégoisait autant que ça confessait. Et cette femme, qui élevait ses enfants toute seule dans sa grande maison pas très bien entretenue, fournissait un excellent sujet de conversation.

Mon frère et moi ne nous en doutions pas, mais ma mère scandalisait. On l'appelait la Parisienne. On oubliait qu'elle venait depuis plusieurs années, avec son mari, avec ses enfants. On oubliait qu'elle participait au bal sans juger personne. On disait qu'elle faisait des manières, on l'appelait la Parigote. On insinuait qu'elle couchait avec les Américains.

Quand il l'a appris, mon frère a eu envie de tout casser. Il disait qu'il allait leur apprendre, qu'il allait péter des dents et puis quelques nez, qu'il savait se battre, qu'il fallait pas nous prendre pour ce qu'on n'était pas, qu'on ne pouvait insulter la famille comme ça, que ça allait se régler à l'ancienne, qu'il allait y avoir des dégâts, qu'il fallait pas trop le chauffer, que la marmite allait exploser, qu'il allait sortir la sulfateuse, la boîte à gifles, le distributeur de gnons, la machine à cogner, la colleuse de beignets, l'engin à destruction, le tracteur à extermination, l'appareil à massacre, la grosse dézingueuse, la bécane à chignole, la moissonneuse-baffeuse, le... le... le...

En général, quand il arrivait à la moissonneuse-baffeuse, il était déjà à peu près calmé. Il se rasseyait en maugréant :

« Toute façon, je vais pas rester là, je vais me barrer, moi aussi je serai photographe. »

Il suppliait ma mère de l'emmener avec lui faire des photos pour les cartes postales. Elle lui cédait de temps en temps. Elle disait d'ailleurs qu'il était doué, ce qui ne manquait pas de me rendre un peu jaloux. C'est au cours de cette période qu'il a commencé à rêver de partir explorer le monde. « Ici, je connais déjà, j'ai fait le tour », pérorait-il, appuyé contre le chambranle de la porte. Je voyais bien qu'il essayait un peu de prendre la place du chef de famille, depuis que mon père n'était plus là. Il se faisait des allures de Jean Gabin. Il s'habillait chic et lâchait des :

« J'm'en fiche bien qu'on voie que j'suis pas d'ici. Vu que j'suis pas d'ici et que j'compte pas y rester. Mon vieux, j'peux t'dire qu'y s'ront pas près de m'revoir quand je m'serai fait la malle. Ils croupiront bien dans leur brouillard, pendant que j'vagabonderai en Indochine, avec mes p'tites pépées. »

Je redoutais ce jour. Une si grande maison à deux, ça serait moins drôle, forcément. Et puis, lui parti, j'allais devoir prendre le costume du daron. Et, à dix ans, je ne m'en sentais pas la carrure.

En attendant d'avoir l'âge de partir moi aussi, j'essayais de m'intégrer. En jouant au foot avec les copains de l'école. Je n'étais pas très bon, mais ça allait.

Ça allait, mais ça ne suffisait pas. Je n'étais pas du coin, nous n'avions pas eu la même enfance. Pour compenser, j'ai commencé à raconter des histoires, comme je le faisais avec Jacques. La première fois, nous étions coincés sous le préau à cause de la pluie. Interdiction d'y jouer au ballon. On s'ennuyait et les autres ont commencé à me demander pourquoi j'étais venu chez eux, parce que je n'étais pas d'ici et que ça se voyait. Moi, je n'avais pas envie de leur parler de mon père. J'avais peur de me mettre à pleurer et rien que d'y penser j'en avais les larmes aux yeux. Alors je leur ai dit que je ne venais pas de si loin, Paris, c'était pas non plus la planète Mars. Devant leur manque de réaction, je me suis dit qu'il fallait que je développe. Et c'est l'histoire de l'OVNI de

Quarouble en septembre 1954 qu'est ressortie. J'ai bien senti que ça leur plaisait. À l'époque, ça avait fait du bruit. À croire que ça n'avait pas résonné dans la cour de mon école parce qu'aucun de mes camarades n'a pipé mot pendant tout le récit. Je leur ai raconté la petite maison près de Valenciennes, et Marius Dewilde qui entend son chien aboyer au milieu de la nuit, alors que le clébard, il était bien dressé, c'était pas le genre à aboyer sans raison. « Le Marius, il sort de chez lui, et là, une masse sombre posée sur les rails juste à côté. Et deux petits êtres avec des jambes et des bras tout comme nous, sauf qu'ils sont tout petits, avec des petits yeux moitié vicieux, moitié méchants. Le Marius, il se dit qu'il va en choper un, comme il aurait fait avec un poulet. Sauf que les Martiens, ils sont plus forts que les poulets, et ils envoient un rayon laser paralysant. Et après. Pffff... ils repartent faire des courses ou j'sais pas quoi dans leur galaxie. »

Les questions ont fusé. Il y en a un qui a crié : « N'importe quoi ! » Il est vrai que ce n'était pas à proprement parler la meilleure idée pour commencer, cette histoire d'extra-terrestres. Même si je leur ai soutenu qu'il y avait eu des preuves, que des compteurs Geiger avaient mesuré des taux de radioactivité anormaux là où s'était posé le vaisseau, enfin, ce genre de choses... Et que c'était même écrit dans le journal. J'ai bien compris qu'ils allaient trouver plus confortable de se moquer de moi. Si bien que je me suis empressé d'ajouter que, personnellement, je n'y croyais pas une seconde... Qu'à Paris, certains doutaient, mais que, dans le Nord, tout le monde y croyait.

Cette récréation a suffi pour me faire adopter. J'étais celui qui *savait des trucs* et, dès lors, je ne ratais pas une occasion de lancer une conversation dans la cour ou devant le portail de l'école. Tout le monde savait que j'avais gardé des contacts avec la capitale et on ne m'en tenait plus rigueur, bien au contraire. J'étais passé du statut de l'étranger à celui qu'on aimait bien, à qui on disait bonjour et sur l'épaule de qui on donnait une tape amicale.

Néanmoins, pour une raison que j'ignore, le gars qui avait gueulé le « n'importe quoi » voyait d'un mauvais œil l'intérêt que je suscitais. Il passait son temps à m'interrompre et à commenter tout ce que je disais pour me faire passer pour le débile de service. Il était bien plus grand et bien plus fort que moi, si bien que je ne voyais pas comment lui rabattre le caquet. Quand j'étais chez moi, je trouvais des répliques sensationnelles, des phrases promptes à le ridiculiser. J'attendais le bon moment.

Le bon moment est arrivé.

Je m'étais lancé dans l'histoire de la survie d'Henri Guillaumet dans les Andes après le crash de son avion en 1930, citant avec emphase la célèbre phrase qu'il avait dite à son ami Saint-Exupéry : « Ce que j'ai fait, je te le jure, aucune bête ne l'aurait fait. » Mon ennemi déclaré se racla bruyamment la gorge avant de lâcher que s'il y en avait un qui était bête à raconter toutes ces conneries, c'était bien moi.

Mon sang ne fit qu'un tour et, alors que j'avais en moi tout un stock de répliques bien senties, la seule que je fus capable d'articuler fut :

« Espèce de petite fripouille ! »

Le silence se fit. J'étais tétanisé. Je venais de crier l'insulte la plus inadaptée aux cours de récréation, la phrase la plus ridicule qui soit, une pauvre insulte de grand-mère.

Il m'était évident que ma vie sociale venait de se fracasser contre le mur du préau, mais ce fut le contraire qui se produisit : il y eut un éclat de rire général et mon tortionnaire gagna le sobriquet de « fripouille », qu'il garda jusqu'à la fin de sa scolarité.

Il faut dire que, dans ces années-là, les relations sociales étaient tendues dans le coin. Jacques m'en parlait souvent. Il tournait en boucle sur le remembrement qui avait chamboulé la campagne. Les petites parcelles qui avaient été réunies, les cadastres qui avaient été réécrits. On a pris un champ ici, on en a donné un bout là, un terrain qui appartenait à la famille depuis des générations et qu'on devait céder pour des raisons défiant parfois la logique.

« C'est l'État qu'a remembré, la campagne et tout le reste, c'est le progrès, c'est le progrès, fini les p'tites parcelles, place aux grands champs, aux gros tracteurs, et ça t'a tout défoncé, les haies et même les arbres, on a mélangé nos terres, et on a rin pu dire, on a pris celles des voisins, et d'autres voisins ont pris des bouts des nôtres, ça a bulldozé, ça a ratiboisé, un arbre sur le chemin on coupe, une colline sur le tracé on aplatit, tout le monde dit que c'est la faute de tout le monde dit que c'est la faute de tout le monde dit que c'est la faute de tout le monde dit que c'est la faute de... »

Ça lui arrivait souvent de rayer comme un vieux disque. Mais il finissait par reprendre tout seul :

« C'est la faute à qui ? À l'État, qu'y dit mon père, aux Parigots qui décident pour nous, moi j'sais pas, mais y a pu mes haies, y a pu les animaux, les p'tits pas les gros, c'est la faute à qui ? Toi, tu sais ? C'est la faute aux remembreurs, et pis c'est tout, on a gardé les mêmes fenêtres, c'est la vue qu'a changé, on voit plus loin, on voit plus plat, on voit plus moche, on s'rend mieux compte qu'on est tout seuls, que tout le monde est parti, on a perdu des amis, on a gagné des ennemis, et pis on nous oublie, c'est qu'on est trop p'tits, dans les champs remembrés. »

Évidemment, moi, je ne savais pas. Je n'étais pas d'ici.

Alors je lui parlais de mon ciel qu'on avait remembré. Je lui racontais mon père qui y était monté. Je lui disais que je ne pouvais pas m'empêcher de regarder les nuages et que, parfois, j'avais l'impression qu'il était là et que, après avoir passé sa vie à tirer des câbles pour aller plus haut, il devait passer sa mort à tirer des câbles pour redescendre et nous voir, ma mère, mon frère et moi. Parce que nous n'avions pas fini nos discussions. Et qu'il me manquait.

Il me regardait et me disait qu'avec une fusée on pourrait peut-être le ramener.

7

Et puis il y avait la Vieille tante qui n'en finissait pas de rajeunir. Elle venait nous voir de temps en temps. On allait la chercher à la gare d'Orléans à bord de la belle Giulietta. Même à la ville, on attirait les regards. Maman mettait un foulard dans ses cheveux, allumait une cigarette et laissait ronfler son moteur le temps que la Vieille tante s'installe. Mon frère l'aidait à mettre sa valise dans le coffre. C'est un truc de grand frère de porter tout ce qui est lourd.

La Vieille tante s'installait à l'avant, allumait à son tour une cigarette et soufflait :

« Ma foi, ça fait bien du plaisir de vous retrouver. »

Moi, je n'attendais qu'une chose, c'est qu'elle m'apporte ses coupures de presse. Elle savait que j'adorais les grandes découvertes, les inventions, les progrès en tout genre, alors, entre chacune de ses visites, elle continuait de découper dans les journaux les articles susceptibles de m'intéresser.

On repartait à toute allure, manquant de renverser des piétons que la Vieille tante enguirlandait avec un vocabulaire fleuri comme il faut. Certains répondaient, mais la plupart restaient interloqués, stupéfaits de voir ces deux bonnes femmes à l'avant du bolide. Moi, ça me faisait marrer. Mon frère se faisait tout petit sur la banquette arrière : « Putain, la honte. »

Maintenant qu'il allait au lycée à Orléans, il devait avoir les foies qu'on renverse un de ses profs ou un de ses camarades de classe. À coup sûr, ça aurait fait toute une affaire.

Une demi-heure plus tard, nous arrivions dans un crissement de gravier devant la maison.

« Ma foi, ça n'a pas changé, commentait la Vieille tante. Les enfants, apportez ma valise dans la chambre, vous serez bien gentils. »

Mon frère portait, j'accompagnais. Elle ouvrait la valise, en sortait un livre pour mon frère, une ou deux bouteilles à partager avec ma mère et une liasse de coupures de presse soigneusement pliées.

« Voilà pour tes rêves de futur, mon garçon. »

Elle me tapotait la tête, et je montais le trésor dans ma chambre.

Il m'arrivait encore de repenser à la fille de la boule à neige et de me demander si je ressentirais la même chose en la revoyant.

Raymond Kopa, que j'avais punaisé sur le mur de ma chambre, n'avait pas d'avis. « Tu sais, Gino, l'amour, c'est compliqué. Ça va, ça vient. Quand ça vient, ça va. » Il prenait son air concentré comme s'il allait tirer un penalty et enchaînait : « Je me dis que ta jeune fille, là, c'est bien possible qu'elle pense à toi. Mais admets que t'es pas bien malin de pas lui avoir parlé. L'amour, faut le cueillir, ça ne s'attend pas assis dans un fauteuil. C'est comme un match de football : si tu veux avoir une chance de gagner, il faut jouer, il faut se donner les moyens. Là, t'es rien qu'un p'tit gars sans crampons qui attend sur le bord du terrain. Alors, va falloir t'activer. T'es pas encore éliminé, tu peux te qualifier au match retour. »

Si j'étais toujours un peu dubitatif des métaphores footballistiques de Raymond Kopa, je n'en estimais pas moins la valeur de son jugement. Il me donnait comme ça des conseils et moi, je lui parlais de mon père et de ce que j'aimerais faire quand je serais grand.

J'étais tiré de mes rêveries pour aller mettre le couvert. Quand le temps le permettait, nous installions la table dans le jardin. C'est au cours de l'une de ces journées qu'est apparue une dame qui travaillait pour l'Institut français d'opinion publique. Elle avait pris le temps de garer sa petite voiture devant la maison, avait refermé sa portière délicatement en nous souriant et s'était approchée.

« Bonjour, je fais un reportage pour l'Institut français d'opinion publique et j'aimerais avoir votre avis sur quelques questions concernant le bonheur. »

Nous, nous n'avions pas trop d'avis. On a dû la regarder avec un air ahuri. Elle a enchaîné :

« Estimez-vous que vous êtes heureuses, assez heureuses ou pas très heureuses ? »

Manifestement, mon frère et moi étions exclus de la conversation.

« Ma foi, je suis assez heureuse, a répondu la Vieille tante.

– Je m'y efforce », a simplement dit ma mère.

La dame de l'Institut a eu l'air satisfaite. Elle a posé une question sur le programme d'électricité d'origine nucléaire pour savoir si cela allait les rendre encore plus heureuses.

« Ma foi, j'imagine que oui, a répondu la Vieille tante.

– Je m'y efforcerai », a simplement dit ma mère.

La dame de l'Institut a griffonné quelque chose dans son carnet, a souri, a ouvert délicatement la portière de sa voiture et est repartie.

« Ma foi, c'était une drôle d'apparition », a commenté la Vieille tante en écrasant sa cigarette avant de se resservir du fromage.

Journal des Actualités françaises

20 mars 1957

« Le congrès nucléaire de Philadelphie nous ouvre des horizons nouveaux. Quelle commodité, diront les amateurs du progrès, qu'un bras robotique pour offrir, sans en avoir l'air, une cigarette et du feu à une ravissante secrétaire. Il s'agit là pourtant d'outils très sérieux qui servent à la manipulation derrière des écrans protecteurs des dangereux produits atomiques. »

Histoire de la Vieille tante

La Vieille tante avait bien évidemment un prénom et son âge était loin d'être canonique. Par ailleurs, Gino n'aurait pas juré qu'elle fût la tante de quiconque. Personne n'aurait su dire à partir de quand elle avait fait partie de la famille, ce qui est certain, c'est que des liens familiaux avaient été noués.

La Vieille tante avait toujours été là, dans les parages. Ils pouvaient ne pas la voir pendant des semaines, et un soir elle apparaissait, une bouteille de vin sous le bras et un livre qu'il fallait absolument lire dans la main. Elle était toujours de bonne humeur. « Ma foi, je n'ai jamais eu goût à imposer ma mauvaise humeur à qui que ce soit. »

Elle avait un avis sur tout, sans se sentir tenue de le donner systématiquement. « Dialoguer, c'est écouter », disait-elle parfois au père de Gino qui n'avait pas l'habitude de se laisser emmerder par des bonnes femmes, selon l'expression qu'il utilisait avec un sourire au coin des lèvres. N'allez pas croire, ces deux-là s'entendaient bien. La Vieille tante disait qu'elle le rééduquait. Elle n'avait pas l'habitude de se laisser emmerder par les bonshommes.

Elle parlait souvent à Gino de son père. Elle lui disait qu'il avait été un vrai gentil et que c'était l'une des plus belles qualités du monde, la gentillesse.

Le père de Gino l'accueillait toujours en lui disant : « Oh non, pas la Vieille tante ! », alors que c'est lui qui l'avait invitée, que, par ailleurs, il lui reprochait de ne pas venir assez souvent et qu'il la prenait dans ses bras avec effusion.

Elle était née à Paris à la veille de la Première Guerre mondiale au cours de laquelle son frère et son père avaient été tués. Le premier à Verdun, le second dans la Somme, ils s'étaient bien partagé la géographie de l'enfer. Elle venait d'un milieu qui n'avait jamais connu la crise, comme elle le disait elle-même, et avait rencontré un homme bien installé dans la société parisienne. La Vieille tante s'était mariée parce que c'était ce qui se faisait. « Ma foi, les hommes, ça n'a jamais été mon truc, si tu vois ce que je veux dire. » À l'époque, Gino ne voyait pas du tout ce que ça voulait dire, il ne l'a compris que quelques années plus tard.

Un mariage, sans amour mais avec de l'affection. Il lui faisait la cour depuis si longtemps et avec tellement d'ardeur que c'eût été impoli de refuser. Le pauvre homme avait une santé fragile et n'a pas passé les années 1930. « Ma foi, je l'aimais bien, mais je me suis remise de sa disparition. »

Il lui laissait une belle fortune qui s'ajoutait aux biens familiaux. Elle en investit une petite partie dans une librairie. La Vieille tante avait beau théoriser sur l'art du dialogue et l'importance de l'écoute, elle manquait parfois de bienveillance à l'égard de certains ouvrages et ne se gênait pas pour le dire. Par ailleurs, elle trouvait qu'il y avait bien trop d'hommes sur ses étagères et ne se privait pas de leur trouver tous les défauts du monde – là-dessus, elle était un peu trop en avance sur son temps. La librairie n'a pas tenu cinq ans.

Cinq années qui lui ont suffi à rencontrer la mère de Gino. Celle-ci était venue trouver un cadeau pour son mari. « Vous auriez une histoire pour un homme qui ne lit pas beaucoup et qui travaille dans les câbles ? Éventuellement un livre où il serait question de téléphérique ? » Le mari en question se marrait en racontant cette histoire : « Imagine la gueule de la Vieille tante ! » Il n'empêche qu'elle ne s'était pas démontée et lui avait sorti *Le Baron perché* d'Italo Calvino. « Ma foi, il n'y a pas de câble ni de téléphérique, mais un certain sens de la hauteur. » Elle le lui avait conseillé sans imaginer que le père était italien. Inutile de dire qu'elle avait marqué des points.

Le jeune couple l'avait recroisée dans un café où l'on dansait. Elle était venue avec une amie à elle, Rachel. Une bonne amie, comme elle disait. Le père de Gino évoquait cette rencontre des étoiles plein les yeux : « La Vieille tante était là, avec sa longue robe, tu l'aurais vue, Gino… Non mais tu l'aurais vue ! Elle avait de l'allure, la Vieille tante. Tout le monde la regardait. Elle distribuait ses sourires comme ça, avec un vrai sens de la générosité. Elle tirait sur son fume-cigarette. Je t'avais dit qu'elle avait les cheveux courts ? Une des premières ! Ah, ça plaisantait pas ! Une vraie star des dancings ! Elle connaissait toutes les danses et buvait tous les cocktails.

Celui qu'elle préférait, c'était le French 75 inventé en l'honneur des obus de 75 de l'armée française. "À la mémoire des Poilus qui n'avaient rien demandé." La Vieille tante n'était jamais ivre. Parfois elle tanguait légèrement, mais c'est que la lumière artificielle ne lui convenait pas. Elle disait que cela nuisait à son équilibre. Elle dansait, buvait et s'arrêtait à une table pour faire la conversation avec cette voix qu'on lui connaît. Eh, Gino, t'as remarqué qu'elle parle toujours pareil, la Vieille tante ? On dirait qu'elle est toujours un peu contente, toujours un peu surprise, toujours un peu pas totalement réveillée. »

Sa bonne amie avait du mal à suivre son rythme, mais elle s'accrochait. Ce soir-là, quand le bistrot avait fermé ses portes, la soirée s'était prolongée chez la Vieille tante. Un bel appartement des beaux quartiers. Les amoureux y avaient poursuivi la fête jusqu'au petit matin.

« Ça crée des liens de voir le soleil se lever dans un endroit comme ça. Nous n'étions plus que tous les quatre sur le balcon avec un verre de bon vin à la main. La Vieille tante a soupiré : "Ma foi, tout cela est vraiment beau." Je lui ai dit : "Ah ça oui, quelle vue incroyable vous avez !" Et tu sais ce qu'elle a répondu, mon Gino ? Elle m'a répondu avec sa voix traînante et élégante : "Mon ami, je parlais de l'amour." Eh bien, moi, ça m'a fait de l'effet. Parce que déjà je ne savais pas que je pouvais être ami avec une dame comme ça, j'étais flatté. Et ta mère aussi, je dois dire. Et puis son histoire d'amour qu'est plus beau que la vue, je trouvais que c'était épatant. »

Par la suite, ils s'étaient retrouvés d'abord au hasard des pistes de danse, puis chez elle et parfois chez les parents de Gino, même si l'appartement dans lequel ils habitaient n'était pas fait pour accueillir des invités. La Vieille tante et Rachel étaient devenues des amies, des intimes, un peu la famille. À la naissance du frère aîné de Gino, quand elle s'était présentée à la maison, le nouveau-père avait pris son nouveau-né dans ses bras et lui avait murmuré : « Mon fils, je te présente ta... » Il avait hésité et fini sa phrase : « Ton incroyable vieille tante. » « Quelle horreur ! » s'était-elle exclamée, ne pouvant s'empêcher de rire. Le surnom était resté.

Pourtant, à ce moment-là, la vie était moins rieuse pour elle : la librairie avait fermé, la Guerre était arrivée, rapidement suivie par des Allemands en uniforme dans les rues de Paris. La Vieille tante avait supplié Rachel de se sauver. Elle lui avait pris un billet pour l'Amérique. Rachel était restée, avait été déportée et n'était pas revenue. Pendant des semaines, la Vieille tante a erré dans toute la ville, fait la tournée des commissariats et des hôpitaux. Elle croyait en un miracle qui n'a pas eu lieu.

Un matin, la Vieille tante s'était réveillée avec les cheveux blancs. Elle avait dit au père de Gino : « Ma foi, à présent, je suis réellement une vieille tante. »

Elle n'en a jamais plus reparlé. Elle s'est réfugiée dans les livres, dans les histoires, dans la musique. Elle ne l'a jamais dit à personne mais elle s'était juré une chose : les nazis lui avaient pris son amour, ils ne lui prendraient pas son appétit pour la vie. Et c'est sans doute ce qu'elle a transmis de plus cher à Gino :

cette volonté de toujours s'accrocher, de toujours penser que le meilleur était à portée de main.

Gino et son frère – mais surtout Gino avec qui elle a entretenu des liens étroits jusqu'à la fin de sa vie – étaient comme ses propres enfants. C'est à leurs côtés qu'elle était la plus heureuse. Ils n'ont jamais su à quel point ils avaient été importants dans son existence.

8

Mon enfance s'est achevée comme ça. Des étés très longs, des hivers très longs. Les années 1950 se terminaient, les années 1960 s'apprêtaient à débouler, tapies dans un angle du calendrier. Le monde continuait de changer à toute allure. Je le contemplais depuis la fenêtre de ma chambre. J'ai eu douze ans, j'ai eu treize ans, j'ai eu quatorze ans. Même champ, mêmes arbres, mêmes nuages paresseux dans le ciel. Et pourtant, partout ailleurs, c'était la course au progrès. On parlait d'acheter un téléviseur, un aspirateur, un lave-linge.

On nous disait qu'il fallait être heureux. Alors, on tâchait de l'être pour ne pas fâcher la vie.

Le jeudi, j'allais jouer avec les copains, on tapait dans des ballons, on faisait exploser des pétards, on se racontait des histoires comme quoi on irait sur la Lune et qu'en l'an 2000 on conduirait des voitures volantes. On a fumé nos premières cigarettes sans avoir besoin de se cacher, on avait toute la campagne pour être peinards.

Je leur ai raconté Spoutnik.

« Vous vous rendez compte, les gars ? »

Ils ne se rendaient pas compte.

J'ai mis toute mon énergie pour qu'ils mesurent l'importance du premier lancement de satellite. Je leur ai raconté le traumatisme pour les Américains d'avoir été moins rapides. Je leur ai dit que c'était la Conquête de l'Ouest, mais avec des constellations plein les besaces. Que tout allait changer, que plus rien ne serait jamais comme avant.

C'était pas désagréable, entre la sortie des cours et les devoirs, d'avoir un petit moment dans les étoiles.

Je leur ai raconté Laïka en novembre 1957, Explorer 1 en février 1958, je leur ai raconté Luna 2 en septembre 1959 :

« Le premier objet spatial à entrer en contact avec la Lune, c'est fou, non ? »

Je leur disais ça en pointant le doigt vers le ciel, comme si on pouvait les toucher, ces nouveaux satellites. Et j'essayais de ne pas trop me perdre dans les nuages en vérifiant si mon père était dans le coin. Ça, je le gardais pour moi. Et pour Jacques. Je savais que lui pouvait me comprendre. Il me disait de ne pas perdre patience, qu'il fallait du temps pour tirer des câbles de là-haut. Du temps et des bonnes conditions météorologiques. Je ne lui répondais rien. J'avais arrêté d'y croire depuis longtemps, mais ça me faisait du bien qu'il continue de m'en parler.

Mon frère avait pris ses habitudes au bistrot du village. C'est lui qui m'y a emmené. Chez Georges, il y avait de la fumée et des grosses voix. Le patron ne s'appelait même pas Georges. C'était celui d'avant qui s'appelait comme ça, mais on n'allait pas changer la pancarte pour une histoire de prénom. Le nouveau patron s'appelait Jean, mais certains l'appelaient Jeannot. D'autres - les anciens - l'appelaient Jojo ou Georgie, par habitude. C'était en quelque sorte la querelle des anciens et des modernes. Ceux qui n'osaient pas s'engager usaient d'un sobre « patron » ou d'un aventureux « Jean-Georges ».

Ça s'engueulait sur à peu près tout, ça se marrait sur à peu près tout. Ça commençait à dire que c'était mieux avant, ça disait que ça aurait dû partir, ça disait qu'il y avait que les cons qu'étaient restés. Et puis ça se retournait vers mon frère et moi et ça ajoutait qu'y avait que les cons qu'étaient arrivés. Et ça nous tapait sur l'épaule avec des mains larges comme des pelles pour nous dire que c'était pour rigoler.

Alors on rigolait.

Il y avait toujours plein de gens au bistrot. Ça défilait du matin au soir, sauf un qui ne bougeait pas. Il s'appelait René, surnommé le Pilier de comptoir. Parce que c'était un pilier de comptoir. Littéralement. Il ne quittait plus le bar, il le soutenait. Il s'était calé un peu en dessus, un peu en dessous, véritable prouesse morphologique. Et il ne bougeait plus. Il avait fini par s'incruster dans le bois et dans le zinc, si bien qu'on ne pouvait plus le décoller. Il était veuf et retraité, personne ne l'attendait à la maison ni au travail. Les retraités dans la région, ils ne croulaient pas sous l'argent, alors il était aussi bien ici que dans sa petite maison qui poissait l'humidité et la misère.

La dame de l'Institut français d'opinion publique passait aussi de temps en temps. René l'appelait « la petite dame bien habillée ». C'est vrai qu'elle avait son tailleur qui n'était jamais froissé et un chignon bien mis. Elle ne consommait rien ou alors juste un café et elle demandait aux gens où ils en étaient au niveau de leur bonheur.

La première fois, ça avait semé la zizanie.

« Le bonheur, le bonheur, qu'est-ce que c'est que ça ? J'en sais fichtre rien, moi !

– Ah moi, j'ai connu un p'tit bonheur et pis on s'est mariés et l'bonheur il a filé !

– Le bonheur, ça serait pas un peu de l'égoïsme, des fois ?

– Houlà, ma bonne dame, c'est une question bien politique, ça ! »

Son minuscule carnet à la main, elle a attendu que le silence se fasse et a repris avec sa petite voix malgré tout bien assurée :

« Diriez-vous que vous êtes très heureux, assez heureux ou pas très heureux ? »

Ça s'est regardé et ça a regardé ses chaussures. Ça a un peu siffloté puis ça a soupiré.

C'est Jean-Georges qui a chassé le malaise d'un coup de chiffon :

« Je vais offrir une tournée, vous aurez qu'à mettre “assez heureux”, ça fera l'affaire. »

La dame de l'Institut l'a remercié, a dit bonsoir messieurs et est repartie.

René lui a crié un : « C'était un bonheur de faire votre connaissance, ma petite dame ! » Tout le monde a rigolé. Même elle a souri en refermant la porte.

Il était étonnant, René. Il avait deux niveaux de langue qu'il mélangeait sans arrêt. On disait qu'il avait le parler du dessus du comptoir et le vocabulaire du dessous. Il était capable de citer un vers de Victor Hugo et d'enchaîner par une insulte bien sentie.

« Demain dès l'aube, à l'heure où blanchit la campagne, j'irais bien botter le cul des Parigots, parce que dans nos campagnes, y a pu personne ! »

Lui aussi avait la passion des bonnes histoires dans les journaux. Dans la hiérarchie du bistrot, je passais après lui. Il les lisait consciencieusement, fallait bien s'occuper. On disait qu'il les étudiait. Interdiction de lui adresser la parole quand il était penché sur un canard. C'était le seul moment de la journée où il n'avait pas son verre de Suze à la main. Parfois, il levait la tête et commentait : « Nom d'une putain de Pétain, de Gaulle les a compris, mais on ne sait diable pas qui ! »

C'est là qu'on entendait parler de ce qu'on appelait « les événements ». À la maison, on n'en parlait pas. Je crois que ma mère était terrorisée à l'idée que ça s'enlise en Algérie pendant des années et que mon frère soit obligé d'aller y faire ses armes.

En dehors de la Vieille tante, René était notre lien avec le reste de l'humanité. Nous n'avions pas encore de téléviseur à la maison et nous n'écoutions pas tellement la radio. C'est à lui qu'on s'adressait au village quand on voulait avoir une information. Certains venaient le voir pour savoir pour qui voter, d'autres pour savoir s'il fallait investir dans ceci ou cela, d'autres lui offraient un verre en espérant avoir une réponse à leur seule question :

« Alors René, qu'est-ce qui se passe dans l'monde ? »

C'est lui le premier qui nous a parlé du métro suspendu. Au début, on pensait qu'il se moquait de nous. Encore une manière de se foutre de la poire des Parigots. Un métro suspendu à Orléans, tu parles...

René nous a regardés avec une petite moue satisfaite, a déposé *La République du Centre* ouvert sur le comptoir :

« Ah ben, r'gardez donc dans le *Rép*, si la confiance en moi est une vertu perdue ! »

Il disait vrai. Ce n'était pas exactement à Orléans, c'était du côté de Châteauneuf-sur-Loire, à même pas quarante minutes de voiture d'ici. René nous a montré le journal avec des photos du chantier. Et une date d'inauguration : avril 1960.

Moins d'une année à attendre cette entrée dans le futur. C'était pas les étoiles, mais tout de même, ça avait de la gueule !

RÉCLAME

Votre activité, monsieur, vos soucis quotidiens,
madame, vous créent un besoin impérieux de détente.
Après le travail, Marie Brizard détend.

Une pure merveille...
La console CF 2188 de Philips
Un meuble de grand luxe.
Somptueuse ébénisterie de bois précieux.
Lignes sobres s'harmonisant avec tous les styles.
Un téléviseur de grande classe.
Réception parfaite même à grande distance
de l'émetteur. Grande image de 54 cm.
Fine et bien contrastée.
2 haut-parleurs, effet de présence sonore.
Système exclusif PHILIPS.
PHILIPS, c'est plus sûr.

Ainsi commence le plaisir de conduire.
Sous la puissance d'un arc électrique, cet ingénieur
se dispose à étudier au spectrographe
la composition d'une huile.

Son œil exercé découvrira, dans le spectre
lumineux, le défaut à éliminer et… demain, lors
de vos grandes sorties de vacances, ESSO EXTRA
MOTOR OIL, parfaitement au point, saura protéger
pleinement votre moteur.
Sécurité, rendement, complète utilisation
des possibilités de votre voiture, voilà ce qui
procure le plaisir de conduire avec Esso.

9

En attendant l'inauguration du métro suspendu, je passais au bistrot tous les jours ou presque pour demander à René s'il y avait du nouveau. Je voulais tout savoir, je dévorais chaque article, j'étais devenu incollable. Grâce à ses essieux placés au-dessus d'elle, la cabine du métro serait suspendue dans le vide, jusqu'à huit mètres du sol. Safège, la société qui allait mener les essais, était en train de construire une infrastructure de plus d'un kilomètre le long de la ligne de chemin de fer Orléans-Gien, précisément entre Châteauneuf-sur-Loire et Saint-Martin d'Abbat. Alors bien sûr, c'était pour faire des essais. Mais des essais ici. Chez nous.

On ne parlait plus que de ça. Safège par ci, Safège par là. Dans les journaux, à la radio, au bistrot, dans la cour du collège. La boulangère aussi avait un avis.

L'inauguration a finalement été avancée au mois de février de cette année 1960. À cause de la venue du maire de San Francisco. Inutile de dire que chez Jean-Georges, on était impressionné. Même si, dans le coin, on n'était pas en manque d'Américains, vu qu'on voyait régulièrement passer les jeeps de la base de Saran. Pour autant, le maire de San Francisco qui se déplace à Orléans, ça en imposait.

Ma mère nous a emmenés sur le site une semaine après l'inauguration, pour éviter la cohue.

J'étais fasciné. Il n'y avait rien qu'une étrange structure, comme la carcasse d'un animal, une colonne vertébrale qui s'appuyait sur des côtes de béton. Et il est arrivé sans crier gare ou presque. Je crois bien que j'ai pris la main de ma mère. Mon frère, qui n'était pas du genre à se laisser impressionner, n'a pas pu s'empêcher de lâcher un « wouaah » de circonstance.

Nous sommes restés plusieurs heures malgré la température fraîche de ce mois de février. On regardait la cabine passer au-dessus de nous. On discutait avec les promeneurs. On se disait que tout ça allait partir à Paris pour prolonger la ligne 8 du métro au-delà de Charenton, mais que c'est ici que ça aurait démarré. On aurait eu notre métro. Même qu'il était suspendu. Même qu'on était là au tout début, « avant ceux d'Charenton ! » a gueulé mon frère.

Pendant plusieurs années, des gens du monde entier sont venus voir le métro suspendu. C'était l'attraction. La promenade du dimanche. Notre pied dans le futur. On en était fiers comme si c'était nous qui l'avions construit. Quand la dame de l'Institut français d'opinion publique est passée, on lui a donné un niveau de bonheur record, elle a coché des cases qui existaient même pas.

Ma mère a photographié le métro sous toutes les coutures. Avec mon frère on a arrêté de compter les pellicules à la sixième.

Je crois que c'est à ce moment-là que mes rêves de futur ont commencé à prendre beaucoup de place. Parce que d'un seul coup c'était ici, parce que d'un seul coup c'était possible, parce que d'un seul coup on pouvait le voir, ce futur. Plus uniquement le lire ou en entendre parler, mais le voir. De nos yeux de petits gars de l'Orléanais, de petits gars de la campagne. On n'était pas condamnés à remembrer les terres, à exploiter les sols ou je ne sais quoi. On n'était même plus condamnés à se barrer en ville. L'avenir était à portée de main, au bout du champ.

Jacques rôdaillait souvent dans le coin. Il traînait son gros corps toujours plus imposant sur une mobylette qui souffrait le martyre et hurlait à s'en décrocher le carburateur. Il la posait sur sa béquille et regardait l'ouvrage.

« On a pris nos arbres, on a pris nos champs, en échange de ça ? Un grand bus à l'envers, un vaisseau dans l'espace, qu'est même pas dans l'espace, un drôle d'avion, une drôle de fusée, qui va même pas sur la Lune, y sert à rin vot' métro, j'y vais à mobylette à Châteauneuf, y sert à rin vot' métro, mais quand même l'est beau. »

Il s'agitait. Ça faisait marrer les gens. On commençait à l'apprivoiser, le Jacques. On lui confiait des petits travaux pour qu'il fasse le plein de sa mob. On lui faisait faire des courses ou rentrer du bois pour l'hiver. Il aimait bien rendre service et ça lui permettait de pas passer trop de temps chez lui, où son père avait accéléré sa cadence de descente de bouteilles.

C'est au cours de cette année-là, en 1960, que ma mère a acheté notre premier transistor. Il est devenu ma nouvelle divinité, même si on n'entendait pas toujours très bien ce qu'il racontait. Il compensait l'absence de mon frère, qui passait de moins en moins de temps chez nous. Il avait ses copains à Orléans, qu'il rejoignait avec sa mobylette flambant neuve.

Je m'asseyais par terre, à côté de l'appareil, et j'écoutais Marcel Amont et Édith Piaf. Quand elle chantait « Mais vous pleurez, Milord, ça j'l'aurais jamais cru », ça me faisait venir les larmes aux yeux. Je ne sais pas pourquoi ça me faisait penser à mon père, alors que je ne l'avais jamais vu pleurer. En plus, Édith insistait : « Eh ben, voyons, Milord, souriez-moi, Milord, mieux qu'ça, un petit effort », comme s'il y pouvait quelque chose, le Milord, s'il pleurait c'est qu'il avait une bonne raison, merde ! On pouvait respecter ça, non ?

Au bistrot, il y avait de plus en plus de monde depuis que Jean-Georges avait acheté un flipper. Des jeunes garaient leurs mobylettes devant la vitrine et commençaient à s'amasser dans l'arrière-salle. C'étaient des gars du coin pour la plupart. Parfois une voiture qui s'arrêtait ou des Américains de la base. Mais ce n'était pas assez branché pour qu'on vienne de loin. Et il n'y avait pas de juke-box, contrairement au bistrot du village d'à côté. Mais là, on n'y allait jamais. Parce que c'était le village d'à côté.

J'avais pris l'habitude de m'installer chez Jean-Georges quand maman rentrait tard et que j'avais des devoirs. Il y faisait chaud et il y avait du monde.

Même si c'est vrai que je ne pouvais pas vraiment compter sur les habitués pour m'aider à travailler. Ce n'est pas qu'ils étaient moins malins que les autres, c'est juste qu'ils avaient oublié les théorèmes, que c'était la fin de la journée et que tout ça ne leur avait pas beaucoup servi. Il y en avait toujours un pour crier : « 1515 Marignan ! » Alors que je n'ai pas le souvenir de l'avoir eu au programme. Résultat, grâce aux habitués, je connais la date. Des années plus tard, j'ai croisé un gamin qui faisait ses devoirs dans un café près de là où je travaillais. Je n'ai pas pu me retenir : « 1515 Marignan ! » Il m'a regardé avec une drôle de tête et m'a dit qu'il faisait de la conjugaison, alors je lui ai répondu que Marignan, c'était au passé que ça se conjuguait, et j'ai recommandé un verre de chardonnay.

RÉCLAME

Pour elle un Moulinex,
pour lui des bons petits plats.

Une sensation nouvelle.
Besoin de vous détendre un instant ?
De croquer quelque chose ?
Alors un arrêt-réconfort, un arrêt-gourmandise :
CRUNCH
Regardez une tablette CRUNCH : à sa base se
trouve une couche de « *rice crispies* ».
Mordez maintenant, cric, crac, croc...
vous sentez tous ces « *rice crispies* » croustiller,
« cruncher » sous la dent.
Puis ils se mélangent à la pâte onctueuse du
chocolat et cela fait une bouchée à la fois
croustillante et fondante... délicieuse.
Faites la surprise autour de vous.
CRUNCH, le chocolat – au lait
Nestlé – qui croustille !

Chez TOTAL...
Le téléphone de monsieur est avancé.

10

Au moment où je m'y attendais le moins, le miracle a eu lieu. C'était l'été de mes quatorze ans, l'année du métro aérien. J'étais rituellement allé voir les forains s'installer. Ils montaient leurs stands, dressaient un chapiteau, s'invectivaient, riaient et s'engueulaient. Au moment de descendre de mon vélo, je ne sais pas comment je m'étais débrouillé mais je l'avais fait dérailler. J'étais sur le point de replacer la chaîne et je repensais, comme à chaque fois que les forains arrivaient, à la fille de la boule à neige.

Je regardai autour de moi.

Elle n'était pas là.

« Tu ne m'as pas l'air très doué avec ton vélo. »

Elle était là.

Six années étaient passées. Je me suis demandé si je rêvais, je me suis demandé si c'était vrai, je me suis demandé si c'était elle ou quelqu'un qui lui ressemblait tout en sachant que c'était elle parce que jamais je ne l'aurais confondue avec quelqu'un qui lui aurait ressemblé parce que personne ne pouvait lui ressembler donc c'était elle aucun doute là-dessus, restons calme restons calme, respire respire.

Mon cœur cognait, j'avais les mains moites, je n'osais pas la regarder dans les yeux.

Elle s'est penchée, a pris la chaîne de mon vélo entre deux doigts, l'a replacée en un mouvement et s'est retournée vers moi avec satisfaction.

Je lui ai marmonné que je savais le faire tout seul. « C'est juste que... » Je ne parvenais pas à finir ma phrase, alors je lui ai dit :

« Bonjour, je m'appelle Gino.

– Bonjour, je m'appelle Roxane.

– Comme dans *Cyrano* ? »

Elle m'a dit plus tard que c'était grâce à cette question que nous étions devenus amis. Personne, parmi ses copains, ne savait qui était Cyrano. Quant à moi, je connaissais l'histoire grâce à la Vieille tante qui passait ses journées penchée sur ses livres. À croire qu'elle voulait se transformer en bibliothèque. La plupart du temps, elle gardait les mots pour elle – « elle est pas emmerdante », disait mon frère en parlant comme mon père – mais il arrivait que les histoires débordent et qu'elle ne puisse pas s'empêcher de nous les raconter.

Lors de son dernier séjour à la maison, elle venait de finir le livre et avait les yeux tout gonflés et rouges. Ma mère lui avait demandé de ne pas trop nous faire la bise parce que la conjonctivite était contagieuse.

« Ma foi, ce n'est pas tellement une affaire de conjonctivite, avait-elle répondu. Ça serait plutôt du côté du p'tit père Rostand qu'il faudrait chercher. »

Comme une fontaine intarissable, elle nous avait tout raconté : la rencontre avec Roxane, les poèmes pour Tristan, le boulanger, le siège d'Arras, tout, les duels et puis le traquenard, le sale coup en traître qui lui tombe sur la tête ! Mon frère avait dit que ça avait l'air nul. De mon côté, j'étais subjugué, non seulement par cette incroyable histoire mais également parce que je ne pensais pas qu'on pouvait parler et pleurer autant en même temps. À la fin, il ne devait rester ni air ni eau à l'intérieur de la Vieille tante.

Le soir même, face au miroir de la chambre, j'avais essayé à mon tour, pour voir ce que ça donnait. Indubitablement, les histoires d'amour, c'était plus compliqué à raconter que les histoires d'extraterrestres ou de satellites. Cela nécessitait de s'impliquer avec plus d'intensité. Il fallait des larmes, et les miennes ne venaient pas. J'avais envie de demander à la Vieille tante comment elle avait fait ça. Je me suis entraîné et entraîné, mais impossible : mes yeux restaient secs et re-secs.

Roxane et moi ne nous sommes plus quittés des vacances. Elle venait de Bordeaux pour passer un mois chez ses grands-parents, qui avaient hérité de la maison d'une cousine éloignée, à la sortie du village. C'est chez elle que Roxanne avait séjourné une semaine lorsque je l'ai vue pour la première fois.

Nous nous rejoignions le matin et nous séparions pour le déjeuner avant de nous retrouver tout de suite après. Le soir, nous allions à la fête foraine. Nous avions passé l'âge de faire du manège, mais l'ambiance nous plaisait et il n'y avait pas grand-chose d'autre à faire dans le coin. Mon frère nous appelait les amoureux et me taquinait gentiment. De son côté, il allait nager avec des amis dans une petite rivière qui serpentait mollement à un kilomètre de la maison et il rentrait le soir en sentant l'alcool et la cigarette. Ma mère parlait de mon « amie Roxane », et la Vieille tante me regardait dans les yeux, attendrie :

« Ma foi, ça serait pas, comme qui dirait, ta dulcinée, la p'tite Roxane ? »

Je n'étais pas trop sûr de savoir ce que ça signifiait, « dulcinée », mais je lui faisais confiance. Elle s'y connaissait en mots, la Vieille tante.

Je lui ai demandé de me raconter encore une fois Cyrano. Pour retenir tous les petits détails : la manière dont elle ralentissait, la manière dont parfois elle fermait les yeux. Je me suis demandé si elle me parlait à moi ou si elle ne parlait que pour elle. Et j'ai compris. J'ai compris que c'était un mélange des deux. Ma mère, qui passait par là et connaissait l'histoire par cœur, s'est arrêtée pour la réécouter avec moi. C'est elle qui lui a dit : « On a l'impression que tu y étais... »

C'était donc comme ça qu'on racontait les histoires d'amour.

Le lendemain, allongé sur l'herbe à côté de Roxane, je me suis concentré, j'ai essayé de me représenter Cyrano. J'ai imaginé que ça pouvait être moi et que ça me ferait de la peine si Roxane en aimait un autre, que ça me rendrait même dingue. Cette idée est devenue insupportable. Je me suis redressé, j'ai pensé au fils de l'épicière qui lui tournait autour. Et la colère est montée.

J'ai craché que je trouvais ça vraiment dégueulasse que ce soit Christian qui tire tous les profits des talents de Cyrano. Je me suis emporté et je lui ai dit que, tout de même, quelqu'un qui prend la peine de faire des déclarations en alexandrins, ça se respecte. Quelqu'un qui, l'épée à la main, se permet de toucher son adversaire uniquement à la fin de l'envoi.

« Même à l'hémistiche, il se retient, Cyrano ! Ça, c'est un mec, un gentleman ! »

Elle m'a regardé avec de grands yeux. Je dois avouer que le coup de l'hémistiche, je ne savais pas comment il était venu. Je n'étais même pas sûr de savoir ce que ça signifiait. Mais j'en étais sacrément fier.

À partir de ce jour-là, dès que j'en avais l'occasion, je lui racontais une histoire. Peu importait que ce soit vrai ou pas : il fallait y croire. Pour qu'elle m'écoute et qu'elle me regarde. Parfois, elle éclatait de rire parce que j'avais confondu les mots ou que je ne les avais pas mis dans le bon ordre. La première fois, ça m'avait déstabilisé et coupé dans mon élan. Elle avait pris ma main et m'avait demandé la suite.

« C'est pas grave de se tromper un peu si on raconte bien. »

Cet été-là, nous ne nous sommes pas embrassés, nous nous contentions de retenir les heures, de faire en sorte que le jour ne s'en aille pas trop tôt. On tirait sur le ciel, on se calait sous le soleil pour l'empêcher de se coucher si vite et, quand la nuit tombait, on essayait de la faire rebondir comme un ballon de foot.

On courait dans les champs remembrés, on courait dans la forêt, on pédalait sur les routes et sur les chemins. On s'allongeait dans l'herbe pour regarder les nuages et se demander à quoi ils ressemblaient. Bien qu'étant incapable de les différencier, je trouvais toujours une histoire de cumulonimbus ou de stratus à lui raconter. Et les jours raccourcissaient et se faisaient plus frais. On nous disait de mettre nos petites laines, nos chandails. Mais on s'en foutait des petites laines et des chandails, on les abandonnait le premier virage venu et on les récupérait le soir. On voyait arriver ce moment où elle allait devoir ranger la maison de vacances et vérifier qu'elle n'y avait rien oublié. Alors on pédalait plus fort et on courait plus vite. Et on criait face au vent et on riait tant qu'on pouvait, à gorge déployée, comme des fous, on explosait de rire, on mourait de rire pour faire semblant d'oublier que la fin était au bout du chemin.

On a réussi à convaincre ses grands-parents de nous emmener voir le métro suspendu. Ils n'y étaient pas encore allés, je n'en revenais pas. Roxane préférait la poésie aux avancées technologiques. Là, elle a quand même été obligée d'admettre que ça se prêtait à faire des vers.

« Il faudrait qu'un poète vienne ici », je lui ai dit.

Le souci, c'est qu'on n'en connaissait pas, des poètes. Y avait bien quelques clients de chez Jean-Georges qui trouvaient toujours des rimes grivoises, mais ça ne correspondait pas vraiment à ce qu'on cherchait.

Roxane aimait bien le bistrot, même si sa grand-mère lui disait que ce n'était pas un endroit pour une jeune fille. « Une telle concentration d'hommes ne produit que très rarement des bonnes choses, ma petite. Et puis, ce n'est pas très propre. »

C'est vrai que ça ne sentait pas toujours très bon. Il y avait une petite odeur de grayoux. Et le ménage n'était pas la spécialité de l'établissement. À part le comptoir, bien sûr. « Le comptoir, on y boit, on y mange, faut que ça soye propre ! » Quand ce n'était pas Jean-Georges qui le lustrait, René s'en occupait – au moins la partie qui lui était accessible.

Nous y allions presque en cachette pour boire une limonade ou un coca avant de disparaître sur nos vélos.

Ni nos limonades, ni nos courses, ni nos rires n'ont pu empêcher les jours de raccourcir. On savait tous les deux ce que cela impliquait.

Et le métro suspendu a continué ses essais et Jacques a continué à rouler son grand corps sur sa petite mobylette et les jours ont succédé aux nuits sans prendre garde à qui que ce soit et on s'est dit que l'été finissait et que sa valise se refermerait avec nos joies à l'intérieur et qu'on allait se séparer un an et qu'une année c'était quand même plus long qu'un été et sacrément même et que c'était pas juste vraiment pas juste et que ça serait bien que ça serait fichtrement bien que le général de Gaulle plutôt qu'aller emmerder les Algériens il fasse des étés plus longs comme chez eux ou qu'il échange leur indépendance contre leur été et qu'on allait se manquer mais qu'on allait se manquer à un point qu'on n'imagine pas, qu'on allait regarder le plafond et les étoiles et les rues vides et à travers les vitres trempées par la sale pluie d'automne en repensant à Cyrano et à Roxane et qu'un jour après l'autre après l'autre après l'autre l'été allait revenir en prenant bien son temps le p'tit saligaud il est jamais pressé pour arriver et un jour après l'autre après l'autre après l'autre on allait finir par se retrouver et qu'on serait encore jeunes encore des gamins sans aucun pouvoir sur le temps qui décide pour nous et que le calendrier qu'est affiché dans la cuisine à côté du réfrigérateur tout neuf il est plus fort que tout le monde, t'es bien obligé de tourner les pages une à une et si tu veux tu peux cocher les jours mais jamais ô non jamais mais alors vraiment jamais tu ne peux les décocher, personne n'est jamais parvenu à décocher un jour du calendrier il faut attendre compter les heures et les heures et tu changes de semaine et tu changes de mois et tu changes de saison et ça prend du temps et à la fin après des jours et des jours et des jours il y aura l'été pas le même un autre évidemment rapport au fait qu'on coche sans jamais décocher les cases et il y aura peut-être bien un ou deux vieux en moins au village mais il y aura la fête foraine et le bal et la boule à neige sur mon bureau et ses danseurs qui dansent et qui ne changent pas et qui se foutent bien du calendrier ils ne cochent ni ne décochent les cases ces deux-là c'est un peu Roxane et moi enfin je crois enfin j'aimerais bien parce qu'on change on grandit on mûrit mais on reste ensemble même quand on ne l'est pas malgré les jours et les jours et les jours.

Et un été qui s'achève, un.

Et elle est partie.

Elle devait rejoindre ses parents pour une dernière quinzaine de vacances en bord de mer. Sur le bassin d'Arcachon dont je n'avais jamais entendu parler.

Au début, je pensais qu'elle m'avait fait une blague. « Le bassin de qui ? »

Le matin de son départ, j'avais mis mon réveil de très bonne heure pour lui faire la surprise d'être à la gare et lui dire au revoir. Ses grands-parents l'accompagnaient. Ils n'ont pas eu l'air étonnés de me voir. Je lui ai dit au revoir, comme ça, sans même lui faire la bise. Elle m'a dit au revoir comme ça, sans même me faire la bise. On s'est dit à l'année prochaine, comme ça, sans même se faire la bise.

Il y eut un soir, il y eut un matin.

Il y eut du chagrin.

J'avais l'impression d'être Cyrano qui part au siège d'Arras et qui pense qu'il ne reverra plus Roxane avant de longues semaines.

Deux jours plus tard, j'ai pris conscience que nous n'avions même pas échangé nos adresses pour nous écrire.

Alors j'ai pédalé, j'ai pédalé comme jamais, j'ai pédalé comme si ma vie en dépendait. J'ai pédalé parce que je savais qu'eux aussi ils partaient. Les grands-parents de l'être aimé. Et lorsque je suis arrivé – essoufflé, éreinté, harassé, exténué –, le portail était verrouillé et les volets fermés. Mon espoir était brisé. J'étais dépité. Il allait falloir attendre toute une année. Jusqu'au prochain été.

Si quelques rimes étaient arrivées, elles ne compensaient pas le départ de ma dulcinée.

11

L'automne s'est avachi sur l'hiver qui s'est lui-même vautré sur le printemps qui a bien pris son temps avant de filer le bâton de relais à l'été.

Des mois à rêver allongé sur mon lit. Des mois à lire les coupures de presse, à visiter le monde à travers des articles des journaux, à me demander ce que j'allais faire de ma vie, à me demander où Roxane voudrait s'installer.

Je rêvassais dans mon hameau tandis que le pays se reconstruisait de partout. Des logements toujours plus hauts, toujours plus modernes. Des ports toujours plus fantastiques. Je me souviens que j'avais lu un article sur le chantier naval de Bordeaux et qu'il faudrait que j'en parle à Roxane. Peut-être que je pourrais l'y rejoindre. Je construirais un navire. Un truc un peu massif, qui en impose. Un bateau insubmersible qu'on pourrait amarrer dans la Garonne le temps de profiter de sa famille avant de retourner parcourir les mers. Je me voyais bien avec une vache de casquette vissée sur la tête. Sortant de ma cabine, acclamé par l'équipage. « Encore une expédition qui s'est déroulée à merveille ! » Roxane assisterait à mon retour debout sur le quai. Elle serait fière de moi.

Nous irions nous embrasser dans un parc ou sur les bords du quai. Et je lui raconterais mon expédition avec force détails.

Heureusement, cette année-là au mois d'avril, Youri Gagarine est allé dans l'espace, ça m'a occupé tout le printemps. J'ai raconté l'histoire aux copains, j'ai raconté l'histoire à Jacques, je l'ai racontée à ma mère et à toute la bande de chez Jean-Georges. Un mois plus tard, en mai 1961, ç'a été le premier Américain : Alan Shepard. Rebelote pour les histoires à raconter.

Gagarine et Shepard ont remplacé Kopa dans ma chambre, mais j'avais toujours cette solitude en moi. Mon père me manquait, Roxane me manquait. Et Édith me faisait pleurer avec ses larmes de Milord. Et le transistor grésillait pour en rajouter une couche et me dire que *L'Hymne à l'amour* avait fêté ses dix ans, qu'Édith Piaf l'avait écrit pour le boxeur Marcel Cerdan dont elle était amoureuse et qui était mort dans un accident aérien, entre l'écriture du morceau et son enregistrement. Entre deux grésillements, je me suis demandé si Marcel avait pu entendre la chanson. Si Édith la lui avait chantée, ou mieux : chuchotée, comme Cyrano et Roxane. Je n'ai pas entendu la fin de ce que disait l'animateur avec sa voix nasillarde. J'étais avec Roxane qui montait dans un avion et je voulais lui dire une dernière fois que je l'aimais. J'étais avec les danseurs qui n'en finissaient plus de s'aimer dans leur boule à neige, j'étais avec mon père qui invitait ma mère à une dernière valse au bal du village.

« Encore dans la lune, Gino ? »

Je ne l'avais pas entendue arriver. Ma mère s'est assise sur mon lit. Elle me répétait que j'étais son petit rêveur. Exactement ce que l'on me reprochait au collège, sauf qu'elle le disait avec un sourire.

Je n'osais pas lui expliquer que je n'étais pas dans la lune mais plutôt dans les nuages. Et que papa l'embrassait.

La sonnerie du collège a retenti, c'était les vacances. Elle allait revenir. Elle me l'avait promis. Nous étions en été, c'était une question d'heures.

J'étais prêt. J'avais grandi. J'avais révisé mes constellations, mes poèmes et fait quelques provisions de bonnes histoires à raconter. Mon frère me chambrait, ma mère me regardait avec tendresse, Raymond Kopa, qui vivait désormais dans un tiroir de mon bureau, me disait de ne pas entrer avec trop d'ardeur sur le terrain : « Un match dure quatre-vingt-dix minutes. »

Dès lors, j'allais tous les jours devant leur maison. Le portail restait fermé et les volets clos. Je rongeais mon frein, croyant mourir d'ennui et de manque d'amour.

Un matin, enfin, ils étaient là. Ils aéraient la maison, ils sortaient les chaises qui allaient passer l'été dehors. J'ai fait tinter la cloche qui faisait office de sonnette. Ils sont venus à ma rencontre souriants et heureux :

« Ah le p'tit Gino, qu'est-ce qu'il a grandi ! Qu'est-ce qu'il nous veut ? »

J'essayais de prendre un air détaché, l'air de quelqu'un qui aurait effectivement grandi et serait assurément sur le chemin de l'âge adulte, et leur ai demandé quand Roxane arriverait.

« Dans deux semaines, mon p'tit Gino. »

Deux semaines. Je tentai de garder mon sourire. Deux semaines... Mon sourire pendait d'un côté. Deux semaines, soit quinze jours. J'avais attendu dix mois parce que je n'avais pas eu le choix. Deux semaines, soit trois cent trente-six heures. Mon sourire tombait des deux côtés et commençait furieusement à ressembler à un masque de désespoir.

« Tu prendras bien une orangeade, mon p'tit Gino ? »

Deux semaines à attendre, une orangeade à la main, comme si une orangeade était une consolation, comme si une orangeade allait rendre le monde meilleur. Une larme roula sur ma joue. Il faut me comprendre : deux semaines, soit vingt mille cent soixante minutes à attendre. Le temps de boire quelques litres d'orangeade. Non, il me fallait quelque chose de plus sérieux, il me fallait ces alcools que les hommes buvaient au bar, du cognac, du whisky, quelque chose dans ce goût-là, qui me brûlerait la gorge et cautériserait mon cœur. Et une deuxième larme alors que j'essayais de faire bonne figure. Deux semaines, soit un million deux cent neuf mille six cents secondes. Évidemment, sur le moment, j'étais incapable de procéder à ces calculs, c'est le soir venu, une fois dans ma chambre, que je les ai effectués dans mon cahier de mathématiques – malgré ma profonde peine, j'avais gardé un peu de sens pratique.

J'ai décliné l'orangeade, me suis mouché, suis remonté sur mon vélo et, tentant de me recomposer un sourire, leur ai dit : « À dans deux semaines. »

Je suis resté dans mon lit pendant plusieurs jours. Ma mère a fait venir un médecin. J'avais dit « inutile », mais elle a fait venir un médecin. Celui-ci n'a rien trouvé d'anormal et je n'ai pas jugé opportun de lui parler des millions de secondes, les médecins ne contrôlent pas le temps, à part parfois celui qu'il reste à vivre. La Vieille tante est arrivée : « Ma foi, c'est ça l'amour. » J'ai coché les heures, j'ai coché les jours. J'avais commencé par les secondes, histoire de bien montrer au ciel que j'étais terriblement malheureux. Mais force était de constater que cocher les secondes rendait l'attente encore plus douloureuse.

Et puis la bonne semaine est arrivée et puis le bon jour est arrivé et puis la bonne heure est arrivée. C'était un matin, il faisait beau, un coq chantait au loin, du linge séchait à l'ombre du chêne. Il s'agissait en réalité d'un hêtre, mais nous continuions de l'appeler « le chêne » parce que nous en avions pris l'habitude et nous estimions que, pour lui, c'était un surclassement et qu'il ne s'en offusquerait pas.

C'est ce matin-là que j'ai battu le record de cyclisme sur route. Non homologué bien évidemment, mais record tout de même.

Ce fut comme si nous ne nous étions jamais quittés. Même pas cette petite gêne que l'on peut ressentir au cours des premières minutes quand on est avec quelqu'un que l'on n'a pas vu depuis longtemps, quand on ne sait pas vraiment par quel sujet commencer la conversation.

Elle a enfourché son vélo et nous sommes allés nous perdre sur les chemins vicinaux. Elle m'a raconté son année, je lui ai raconté la mienne. J'avais prévu de lui réciter deux ou trois poèmes que j'avais appris. J'ai commencé par un petit Verlaine, comme ça, l'air de rien, l'air dégagé, l'air comprimé :

L'amour est infatigable !
Il est ardent comme un diable,
Comme un ange il est aimable.

Je m'étais arrêté à la première strophe, laissant planer un voile de mystère ou faisant comme si la suite était entendue, alors que c'est juste que je ne me souvenais plus de la suite. J'avais beau lire et relire, réciter et réciter encore, ma mémoire me faisait à chaque fois défaut. Je ne gardais en moi que des petits bouts, des miettes de poèmes. De jolies miettes, certes.

J'étais plus fort quand je pouvais choisir moi-même les mots. Cet été-là, celui de nos quinze ans, je lui racontai tout ce que j'avais lu dans les journaux de la Vieille tante. Un hélicoptère qui s'appelait Alouette, comme l'oiseau. Les Américains qui allaient envoyer des fusées dans l'espace, on ne savait pas quand, mais bientôt, ça c'était sûr. Les astronomes du monde entier commençaient à frétiller : dans quelques années, ils seraient à point et ça allait être un sacré spectacle. On allait s'approcher des étoiles, percer les mystères de l'Univers et pourquoi pas découvrir d'autres formes de vie.

Nous finissions souvent nos après-midis en compagnie de Jacques ou en sirotant une limonade chez Jean-Georges, même si la grand-mère de Roxane n'aimait toujours pas nous y voir traîner. Elle nous disait de profiter du grand air. Elle n'avait que ça à la bouche, « le grand air ». Fallait en profiter. C'était bon pour la santé, c'était bon pour le moral, c'était bon pour tout. À croire qu'on lui avait prescrit le grand air sur ordonnance.

Parfois, ça agaçait Roxane, alors je lui disais qu'on en profiterait demain, que ça ne pouvait pas se gâcher, le grand air, qu'il y en avait partout, qu'elle n'avait qu'à dire à ses grands-parents qu'elle n'en pouvait plus de respirer tout ce grand air tout le temps, que ça lui faisait mal à ses poumons tout cet air trop grand. Elle devait leur expliquer qu'elle était une fille des petits airs, des airs discrets, de ceux qu'on inspire du bout des lèvres et qui caressent les bronches. Elle leur a récité ça en faisant des mines de princesse et tout le monde rigolait.

« Quelle comédienne », s'amusaient ses grands-parents.

Ils ne pensaient pas si bien dire. Un jour, elle m'a demandé très sérieusement si j'estimais possible qu'elle devienne actrice. Je lui ai répondu oui. Il ne faut jamais répondre non lorsqu'on vous pose cette question. Je l'ai appris à ce moment précis, je l'ai senti instinctivement. J'ai ajouté : « Sans doute, oui. Une grande actrice. » Elle m'a demandé si c'était vrai et là, j'ai eu mon deuxième éclair d'intuition en moins d'une minute. J'ai dit : « Oui, bien sûr. »

Elle s'est dès lors lancée à corps perdu dans le théâtre, et me récitait des extraits de pièces. Elle voulait absolument qu'on fasse la scène du balcon de Cyrano. J'avais beau lui répéter qu'il fallait être trois, elle me répondait que ce n'était pas grave, que je pouvais jouer Cyrano et Christian puisque de toute manière Roxane les distinguait mal et pensait qu'il n'y avait qu'une seule personne. Elle m'a tendu un livre. Et elle a commencé :

« Qui donc m'appelle ? »

J'ai pris l'air sérieux.

« Moi.

– Qui moi ?

– Gino ! »

Elle m'a fusillé du regard.

« Le théâtre, ce n'est pas de la plaisanterie. Qui donc m'appelle ? »

J'ai joué le jeu, je lui ai donné la réplique. Et même si je savais que Roxane n'était pas réellement Roxane et que je n'étais pas du tout Christian ni Cyrano, j'avais la sensation que ses mots s'adressaient à moi. Et quand elle a prononcé « Oui, je tremble, et je pleure, et je t'aime, et suis tienne ! Et tu m'as enivrée ! », j'ai eu deux certitudes :

Elle deviendrait effectivement une grande actrice

On s'embrasserait à la fin de la scène

J'ai eu raison sur les deux points.

C'était notre premier baiser. J'ai été assez bon dans mon rôle. J'y ai mis tout mon cœur. Et je ne sais pas ce qu'Edmond Rostand en aurait pensé, mais je suis certain que Cyrano aurait été fier de moi. Quand nous nous sommes écartés l'un de l'autre, elle m'a regardé avec ses grands yeux tout humides et je ne savais pas si c'était ceux de la comédienne ou ceux de mon amie de la boule à neige.

Comme je ne savais pas comment enchaîner, je lui ai confirmé que je voulais bien être son répétiteur. Elle m'a traité de p'tit malin, mais elle n'a pas refusé.

Tous les matins, elle apprenait des rôles, tous les après-midis, je lui donnais la réplique. Ma récompense – et j'ose croire la sienne aussi –, c'était de terminer par la scène du balcon. Nous estimions qu'il fallait la répéter encore et encore, si on voulait la maîtriser parfaitement.

C'est à l'issue de l'une de ces répétitions que j'ai rencontré ses parents. Ils lui avaient fait la surprise de venir passer une journée avec elle. Ils montaient à Paris et marquaient une étape au village. Ça m'a fait un peu bizarre. Ils avaient l'air gentils. Ils étaient minces et jeunes. Et élégants. Ils souriaient comme si la vie était facile. Sa mère m'a dit : « Enchantée, jeune homme », en me tendant la main. Son père m'a donné une petite tape virile sur l'épaule : « Salut, mon vieux. » On voyait qu'ils avaient l'habitude de mettre tout le monde à l'aise, qu'ils avaient l'habitude de rencontrer des gens, qu'ils avaient l'habitude d'être un peu chez eux partout, tout le temps. Ils connaissaient le mode d'emploi du monde.

Je suis sûr que la dame de l'Institut français d'opinion publique aurait été contente de les rencontrer. Sauf qu'avec moi, ça n'avait pas été une vraie rencontre. Ils m'avaient regardé sans me voir. J'aurais pu revenir le lendemain qu'ils ne m'auraient pas reconnu et j'aurais eu droit aux mêmes « Enchantée, jeune homme », « Salut, mon vieux. »

Les jours ont défilé à une vitesse inimaginable. Nous ne nous sommes pas quittés. Il n'était pas rare que je vienne dîner chez ses grands-parents, il était fréquent qu'elle reste dîner à la maison. Chez elle on m'aimait bien, chez moi on l'aimait bien. Même mon frère avait arrêté de nous taquiner.

Quand les forains sont arrivés, nous sommes allés les regarder s'installer. Nous sommes retournés à la cahute qui vendait les boules à neige. La nôtre y était encore, en plus neuve, en plus brillante. Je la lui ai offerte. Elle a souri, m'a dit merci et m'a pris dans ses bras.

Et comme tous les ans, la fête foraine commençait par le bal. L'événement de l'année.

Le même groupe à chaque fois. Un quatuor qui faisait frémir les gaines des villageoises et se trémousser les bassins des gaillards les plus endurcis. Le musette avait encore son petit succès. Ça y allait de son petit paso doble et de sa petite java qui fait du bien par où elle passe. Ce sont les jeunes qui ont commencé à demander du rock'n'roll, des trucs américains, du Elvis. Les musiciens n'avaient pas encore ça en magasin, mais ça n'allait pas tarder.

De mon côté, je n'avais jamais trop osé danser. Mon corps m'encombrait. Il ne ressemblait pas à grand-chose, il n'était pas fini, je m'en rendais bien compte. Il lui manquait des muscles, il lui manquait des poils, il lui manquait des épaules, il lui manquait une assurance. Pourtant, j'étais heureux, ça n'avait pas de rapport. Roxane me tenait la main et me suppliait de l'accompagner. « Juste une petite danse, Gino. »

Pour elle, j'étais prêt à tout. Alors j'y suis allé du bout des pieds. J'ai arrêté de regarder les autres. J'ai arrêté de penser à mes jambes. J'ai écouté l'accordéon et la batterie, j'ai regardé Roxane qui souriait et avait les yeux qui brillaient comme je ne les avais jamais vus briller. Et on a tourné. Et on a tourné. Et on a tourné en s'accrochant aux notes, en glissant entre les frappes du batteur. On a tourné sans s'occuper des aiguilles des horloges, sans prendre garde à rien. Les ampoules multicolores laissaient de grands panaches lumineux. On a tourné comme dans un manège, un manège à deux, un manège en amoureux, mon manège à moi c'est toi.

La musique a ralenti tout doucement, c'est en tout cas ce que j'ai ressenti. Une dernière note a résonné dans l'air au-dessus de la scène. J'ai voulu l'attraper pour la garder avec mes souvenirs, la placer dans ma boule à neige, mais elle était trop haut et je lui ai laissé sa liberté.

Et elle est repartie.

12

Première année au lycée.

Alors que chez Jean-Georges tout le monde pensait que je connaissais plein de choses, du côté de l'Éducation nationale, c'était une autre paire de manches. Impossible d'atteindre la moyenne. En mathématiques nul, en biologie horrible, en sciences pas terrible, en histoire limite limite, en géographie moyen. Même en français. « Gino, une faute à tous les mots. » Heureusement que je n'avais pas besoin de savoir les écrire pour les prononcer.

À vrai dire, je ne sais même pas comment j'y étais arrivé, au lycée. Un prof a exprimé un jour l'idée que c'était parce que mon frère y était allé et que je connaissais la route. C'est une hypothèse que je ne peux pas écarter. Sur mon bulletin, il y avait écrit que ça serait dur mais que j'avais des « capacités ». C'est l'un des rares compliments auxquels j'ai eu droit. D'habitude, c'était des « insuffisant », « peut mieux faire », « manque de travail », ce genre de choses. Et là, on affirmait que j'avais des « capacités », même s'il n'était pas précisé à quoi elles pouvaient me servir, ni même dans quelle discipline.

Il n'empêche que ça m'a fait du bien de le lire. C'était comme si on m'enlevait un poids, comme si on me remettait une médaille. J'avais des capacités. J'avais appelé Roxane pour le lui raconter. Elle avait le téléphone chez elle. Nous pas encore, mais ça n'allait plus tarder. En attendant, c'est depuis le bistrot que je lui passais mes coups de fil. Les habitués me taquinaient en faisant semblant de faire des bisous dans ma direction.

Elle m'a répondu qu'elle avait toujours su que j'avais des capacités, que j'aurais dû lui poser la question. Alors j'en ai profité pour lui demander en quoi, d'après elle, j'avais des capacités. Il y a eu un silence à l'autre bout du fil. Sans doute que ma question a parcouru les 450 km jusqu'à Bordeaux à cloche-pied. Quand sa réponse est arrivée, j'avais un peu vieilli, mais pas tant que ça et je ne suis pas sûr de l'avoir bien comprise.

« La capacité de regarder le monde d'un point de vue différent. »

J'ai ruminé sa phrase pendant des jours. Il y avait quelque chose qui me plaisait bien… mais également quelque chose qui me déplaisait, sans que je parvienne à comprendre quoi. Et pendant que je ruminais, je ne travaillais pas.

Certains profs estimaient que je ne foutais rien. Certains élèves me regardaient de haut. On me répétait qu'il allait falloir que je trouve ma voie. J'ai fini par me décourager. Il y avait des jours où je n'essayais même plus. Je savais que j'allais avoir une sale note, alors, à quoi bon ?

« Et la plus mauvaise note de la classe, encore une fois, est pour... Gino ! »

Je faisais semblant de trouver ça drôle. C'était devenu mon statut. Celui qui avait les mauvaises notes. Alors j'essayais d'être marrant pour sauver les apparences. Y en a qui expliquaient que c'était parce que j'avais pas de père et qu'il fallait pas se moquer de moi. Moi, je pensais que même si j'avais eu mon père, j'aurais pas aimé qu'on se moque de moi. Les moqueries, c'est pas une question de père ou de pas de père. C'est la question qu'il n'y a pas d'intérêt à se moquer des gens.

Quoi qu'il en soit, j'essayais de compenser en faisant croire que tout ça ne m'atteignait pas. Alors qu'en fait, je ne m'habituais pas. Se prendre une mauvaise note, ça ne fait jamais plaisir, faut pas croire. Ça me faisait mal à chaque fois, une méchante petite baffe administrée parfois avec un peu de gêne. J'étais le mauvais élève qu'on aimait bien. Je ne faisais pas d'histoires. Je crois aussi que ça compensait quelque chose. J'étais pas le Parigot arrogant, forcément. J'allais pas leur donner des leçons alors que j'étais incapable d'apprendre les miennes.

Ma mère rentrant de plus en plus tard, j'avais définitivement acté que mon bureau était chez Jean-Georges. C'est là que je venais m'installer avec mes cahiers dès la sortie du lycée. Rien ne me plaisait plus que d'écouter les conversations.

J'attendais surtout que l'été revienne et me ramène Roxane. Je rêvais que j'étais majeur. Je rêvais de partir dans l'espace. Je rêvais que Youri Gagarine me fasse monter dans sa cabine et m'emmène en orbite.

Son histoire, je la connaissais par cœur et je ne me lassais pas de la raconter avec quelques variations et détails.

Au bistrot, René et moi avions fini par former un étrange duo. Parfois, quand nous parlions d'une actualité qu'il jugeait révolutionnaire, il imposait le silence dans la salle. Si quelqu'un entrait, il lui faisait signe de la fermer, même s'il n'avait pas prononcé la moindre parole. Je me souviens du jour où une dame qu'on n'avait jamais vue et qui buvait un thé avec son petit chien posé sur ses genoux s'était permis un : « Tout de même, Laïka... elle n'avait rien demandé ! » Elle a lâché ça en agrippant l'animal, comme si c'était Laïka qu'elle avait avec elle. René a ravalé sa salive et pris un air désolé. Jean-Georges a offert une tournée à la mémoire des chiens sacrifiés pour la conquête spatiale. C'était un bon commerçant, Jean-Georges.

Son grand plaisir, c'était de chambrer les Américains qui passaient par là. « Alors les Amerloques, on s'est fait doubler par les cocos ? » Eux, ça ne les faisait pas trop rire. Une fois, il y en a un qui a répondu avec son accent tout américain : « Et vous, comment ça se passe en Algéwie ? » Ce jour-là, on a évité la bagarre de peu. Jean-Georges lui a crié : « Alors déjà on dit *Algérie*, chez nous on prononce les "r", même qu'on les roule si ça nous chante ! Et j'ai pas de leçon à recevoir de quelqu'un qu'est pas capable d'assurer la sécurité de son Vietnam ! »

Il faut dire que Jean-Georges n'était pas tranquille depuis que son fils était parti faire son service en Algérie. Il avait beau être patriote, il aurait bien signé l'indépendance pour assurer le retour du fiston. Alors au bistrot, il valait mieux parler de la conquête de l'espace que des événements en Algérie.

On évitait d'autant plus le sujet qu'il y avait eu deux attentats au cours de cet hiver à Orléans. Le premier rue de Bourgogne, au parti du général de Gaulle, et le deuxième au siège du Parti communiste, rue du Réservoir. Pas de victime mais des vitres cassées. Du grabuge. Autant vous dire que le sujet était tendu et qu'on ne connaissait jamais vraiment les opinions de notre interlocuteur. C'était pas bon pour le commerce, comme sujet de conversation.

Je ne saurais plus dire qui votait pour qui. Je me souviens que de Gaulle n'était pas la personnalité la plus appréciée du bistrot.

De mon côté, je n'en menais pas large : mon frère aussi était en Algérie. Il avait décidé d'aller « photographier le pays », comme ma mère. Mais plus loin. Dans un pays qu'allait plus être le nôtre encore très longtemps. Dès qu'il avait eu vingt et un ans, il avait demandé à faire son service pour partir là-bas, avec un appareil photo plutôt qu'avec un fusil. Je voyais bien que ma mère n'était pas rassurée, même si elle m'expliquait qu'il n'y avait pas de raison d'avoir peur parce qu'on ne tirait pas sur les photographes.

J'avais peur quand même.

Sur les photos de famille, j'estimais que mon frère n'avait pas spécialement une tête de photographe et que, de toute manière, de loin, sans vouloir lui faire offense, il ressemblait à tout le monde. C'est pour ça que les colères de Jean-Georges, je les comprenais.

13

Mon frère n'y est pas resté longtemps, en Algérie. Les accords d'Évian ont été signés peu de temps après son arrivée. Mais il ne nous a jamais raconté les semaines qu'il y a passées. Il nous disait qu'il n'y avait rien à raconter. Il nous disait que ce n'était pas une bonne idée d'aller photographier la guerre.

« La mort est photogénique, mais elle aspire ton âme à chaque cliché. »

Je me suis demandé s'il ne voulait pas devenir poète. Mais non, il était sérieux.

Dès que son service serait terminé, il irait à Paris pour photographier les vedettes de la chanson, c'était sa nouvelle idée. Moi, je trouvais ça formidable, évidemment. Je me disais qu'il pourrait peut-être en amener à la maison, ça ferait un chouette décor et ça plairait, au village.

Si le fils de Jean-Georges est également revenu, ça n'a pas apaisé toutes les conversations au bistrot. Il arrivait que l'ambiance soit explosive et que la bagarre devienne une option tout à fait envisageable. Quand ça arrivait, il y en avait toujours un pour détourner la conversation, la plupart du temps en parlant foot.

« Hé, les gars, vous croyez qu'il va le garder longtemps, son record, Just Fontaine ? »

Et c'était parti pour savoir qui était le meilleur entre Fontaine et Kopa. Le premier avait marqué treize buts et les esprits en Suède à la Coupe du monde 1958. Et comme on n'était pas qualifiés pour la Coupe du monde 1962, on était condamnés à suivre les exploits de Pelé qui se faisait massacrer à chaque match entre deux coups de génie. C'était l'époque où il n'y avait pas de carton jaune et encore moins de carton rouge, alors ça y allait gaiement sur le terrain, façon moissonneuse-batteuse. Il valait mieux ne pas trop s'attacher à ses tibias quand on était footballeur. C'est cette année-là que Kopa a annoncé qu'il quittait l'équipe de France. Ça m'a fait un choc. Je n'avais jamais imaginé un monde où il ne serait plus là. C'est René qui nous a annoncé la nouvelle. Je n'arrivais pas y croire, il a fallu que je lise l'article. Et même comme ça, je n'arrivais pas à y croire. Il avait à peine trente et un ans. Sur le moment, j'ai imaginé qu'il voulait se venger parce qu'on l'avait remplacé par le transistor, Gagarine et Shepard à la maison. Avec le recul, je me dis que ça n'avait peut-être rien à voir.

Monsieur Raymond Kopa, pourquoi m'as-tu abandonné ?

J'étais abattu sur ma chaise en bois, avec ma limonade insipide que les bulles avaient quittée aussi inopinément que le Franco-Polonais la sélection nationale. Les conversations avaient repris et je ne comprenais pas comment ils faisaient tous pour faire comme si de rien n'était. La Terre tournait sans Kopa en équipe de France. C'est peut-être à ce moment précis que j'ai appris la relativité des choses. D'autres voies étaient donc envisageables. Ce que Jean-Georges avait résumé en une phrase :

« La vie continue, mon vieux. »

Alors j'ai continué la vie.

Et la vie a continué.

J'allais au bistrot où j'avais droit à ma petite revue de presse. L'hiver, quand il faisait froid, Jean-Georges fermait l'arrière-salle parce que ça faisait trop à chauffer, on se retrouvait tous plus ou moins agglutinés près du comptoir et de René. Je calais mes cahiers entre un cendrier et un verre. On ne faisait plus trop attention à moi. De temps en temps, on m'ébouriffait les cheveux comme on aurait caressé un vieux chien par habitude. J'écoutais les conversations, je regardais René qui n'en finissait plus de s'amalgamer au comptoir. Quand Jean-Georges avait remplacé l'ancien zinc par du formica, ça avait fait toute une histoire. Il avait fallu décoller René qui gueulait que c'était pas possible de faire ça, que le progrès allait pas dans le bon sens, que ça servait à rien, qu'il était très bien comme ça ce foutu comptoir, et que nom de Dieu de nom de Dieu, c'est pas parce que les Amerloques nous avaient aidés qu'il fallait faire tout comme ils voulaient parce que sinon, dans dix ans, on mâcherait tous des chewing-gums en buvant du Coca-Cola. Tout le monde s'était marré parce que c'était pas demain la veille. Mais je n'avais pas pu m'empêcher de répliquer qu'on marcherait bientôt sur la Lune.

« Tu crois qu'c'est vrai qu'on va marcher sur la Lune ? m'avait rétorqué Jean-Georges.

– Ben quand même, j'avais répondu, Kennedy a affirmé qu'il avait choisi d'aller sur la Lune avant la fin des années 1960. »

Dans huit ans...

On était restés silencieux. Huit ans, c'était rien du tout. Huit ans, c'était une éternité. C'était l'écart entre trois coupes du monde de football. Huit ans, c'était la moitié de mon âge, c'était presque le temps qui était passé depuis la mort de mon père.

Accoudé au formica en compagnie de René, Jean-Georges et quelques habitués, je rêvassais l'époque. Je me perdais dans l'espace en compagnie des trois chiens, du chimpanzé et des quatre hommes envoyés par les Russes et les Américains. Nous, on avait notre métro suspendu qui, à sa manière, défiait l'apesanteur. C'était pas dans les étoiles, mais c'était mieux que rien.

Évidemment, j'ai redoublé. Évidemment, je me suis senti humilié ; évidemment, j'ai eu peur de ne jamais trouver de travail, j'ai pensé que ma vie était foutue. Évidemment, ma mère m'a répété que ce n'était pas si grave, que le redoublement était une chance et que j'allais y arriver. Évidemment, j'ai eu peur de décevoir Roxane qui, elle, était une excellente élève. Évidemment, j'ai commencé les vacances avec ce mauvais goût de perdant dans la bouche et je voyais les copains qui partaient à toute allure en direction du bac. Et moi, je restais à quai, je ne savais même plus si j'étais encore un des leurs.

J'avais peur de redevenir le gars pas d'ici, le Parigot. Le Parigot sympa mais le Parigot quand même. Celui qu'on ne pense pas à inviter parce qu'il ne fait pas complètement partie du paysage.

Et puis j'ai entendu parler de l'Aérotrain et ma vie a basculé.

RÉCLAME

Avez-vous goûté le nouveau Michoko,
délicieux caramel mou enrobé du plus
fin chocolat de La Pie qui chante ?

Corsé comme un bon vin,
moelleux comme de la crème...
Le camembert CLAUDEL.
Au restaurant comme chez vous,
soyez connaisseur, exigez CLAUDEL.

Rieuse, espiègle,
la voilà prête à éblouir dans sa robe juponnée.
Maman sait que Persil lave plus blanc et plus doux.
Plus blanc, parce que Persil est plus efficace :
il absorbe toutes les taches et insiste
aux endroits difficiles à « avoir ».
Plus doux parce que Persil lave « en souplesse ».
Alors vite, Persil dans votre machine
à laver ou dans votre lessiveuse.
Persil lave plus blanc !

Papa a sa Peugeot
Maman a ses Peugeot.
Offrez, ou… offrez-vous des appareils
ménagers de qualité.
La qualité est une tradition PEUGEOT.
Peugeot, la qualité qu'on ne discute pas.

« Et elle ne sort qu'avec des hommes
qui fument Winston… »
Forcément, elle adore tout ce qui est chic,
sensass, « *up-to-date* », elle adore les hommes
élégants, qui la sortent dans les boîtes, et qui
l'observent à travers la fumée de leur Winston…
Oui, vraiment, les hommes qui fument
des Winston sont des amours…
Winston : une fumée tout à la fois riche et légère,
qui traverse le filtre sans rien perdre de son arôme.
Ah, les hommes… qui fument Winston !

14

J'avais dix-sept ans. Je me souviens, c'était en 1963, l'année où la Loire avait gelé. Jamais nous n'avions eu aussi froid que cet hiver-là.

Il y avait eu un article dans un journal. C'est René qui le commentait, comme à son habitude.

« Putain de bordel, ils nous prévoient un train qui irait à 400 kilomètres-heure, qu'est-ce diantre encore que cette invention ? »

Il y a eu un silence, suivi d'un sifflement.

« Eh bah ça alors. »

400 kilomètres-heure.

La conversation avait rapidement repris. Ça avait commenté, ça avait débattu : 400 kilomètres-heure, c'était impossible, restons sérieux. C'était pas un train, c'était un avion. Et comment c'est-y qu'on allait y tenir, là-dedans ? Et comment qu'on ferait pour que ça déraille pas ?

René avait exigé que cesse ce charivari et avait lu dans un silence de cathédrale ce qu'en disait le journal.

Je ne me souviens plus des détails de l'article – celui-là, je l'ai perdu. J'imagine qu'il devait évoquer

Jean Bertin, l'air comprimé, les coussins d'air et peut-être déjà son fameux rail en forme de T inversé.

Au bistrot, personne ne semblait très convaincu par ce projet. On avait d'ailleurs reparlé du métro suspendu qui n'en finissait plus de faire des essais à tout bout de champ. Après tout, qu'il y ait un ou deux rails, qu'ils soient au sol ou suspendus, qu'est-ce que ça changeait ? Alors je me suis penché sur le journal pour bien comprendre. Je ne saisissais pas tout mais s'il y avait bien un truc qui me parlait, c'était les 400 kilomètres-heure. À peu de choses près, la distance entre Roxane et moi. Je leur ai expliqué que ça n'avait rien à voir avec le métro suspendu, qu'on ne parlait pas d'un progrès mais d'une révolution. On n'irait pas sur la Lune les premiers, mais on aurait notre monorail à 400 kilomètres-heure.

Je suis rentré en courant à la maison. J'ai dit à ma mère que c'était ça que je voulais faire. Travailler pour l'Aérotrain. C'était jouable : je serais majeur qu'il serait loin d'être fini.

J'ai piqué la carte routière de ma mère et j'ai commencé à calculer : Paris-Orléans en vingt minutes. Paris-Genève en une heure, Paris-Bordeaux en à peine plus. Et j'ai agrandi le cercle : Paris-Venise ou Paris-Barcelone en deux heures et demie. Et j'ai agrandi le cercle : Paris-Naples en trois heures et quelques. Et j'ai agrandi le cercle : Paris-Séville en moins de quatre heures. Et j'ai agrandi encore et encore. Pékin à moins d'une journée de train ! On n'aurait peut-être pas la Lune mais on aurait la Terre !

J'ai dit à ma mère les coussins d'air – je n'avais pas la moindre idée de ce que ça pouvait être mais je trouvais l'idée magique –, j'ai dit l'air comprimé et j'ai dit Jean Bertin, génie de notre époque dont on retiendrait le nom, comme ceux de Gustave Eiffel et Léonard de Vinci.

Ma mère a récupéré sa carte, a plissé les yeux et s'est contentée, d'un : « L'Aérotrain, dis-tu ? Ça pourrait faire de belles cartes postales, ça. »

15

Roxane a été plus enthousiaste. Elle a déclaré solennellement que j'avais enfin trouvé ma voie, que j'allais réaliser de grandes choses, qu'elle était certaine que je parviendrais à me faire recruter par l'entreprise de Jean Bertin. Elle a ajouté que si je pouvais lui avoir un coussin d'air, elle aimerait bien l'essayer pour une petite sieste entre ses cours et ses répétitions de théâtre.

Elle a laissé passer un silence, puis elle m'a dit qu'il allait quand même falloir que je relève ma moyenne scolaire. Ingénieur, ce n'est pas rien. Il faut s'y connaître en résistance des matériaux, notamment.

Ce fut à mon tour de laisser passer un silence. Je n'avais pas pensé à la résistance des matériaux. Le cas échéant, je laisserais une équipe s'occuper du rail et moi, je m'occuperais des propulseurs.

« Il faut s'y connaître un peu en propulsion », a-t-elle ajouté.

Indubitablement vrai.

« Gino, si tu veux y arriver, tu vas devoir bosser comme un fou. L'Aérotrain, ce n'est pas un rêve, c'est une réalité. Et c'est épatant ! »

J'ai écrit à mon frère, qui s'était installé à Paris, pour lui demander ce qu'il en pensait et pour m'assurer qu'il était toujours vivant. Parfois, je lui envoyais des cartes pour lui poser des questions anodines – Sais-tu où se trouve la pompe à vélo ? Puis-je emprunter ton dictionnaire ? Est-ce que je peux inviter un copain à dormir dans ta chambre ? – juste pour l'obliger à me répondre et avoir de ses nouvelles. Quand je lui ai parlé de mes ambitions d'Aérotrain, il m'a répondu que les transports, c'était l'avenir et qu'il y aurait forcément du boulot.

La Vieille tante m'a dit que si j'y croyais, j'y arriverais. Et elle m'a apporté ses vieux manuels scolaires. « Ma foi, ils m'ont bien aidée. » Depuis le temps que je galérais à l'école, il était peut-être enfin temps de rattraper mon retard.

Je pensais qu'il suffisait que je m'y mette, que je me concentre, que je relise mes leçons, que je récite les tables. Enfin, que je recommence tout à zéro pour combler mes lacunes.

Et me voilà avec ma carcasse de lycéen pas tout à fait bien dans sa peau mais porté par de belles ambitions, à réciter les tables de multiplication comme un écolier.

Je me suis accroché. J'essayais de tout apprendre par cœur. Je rentrais à la maison pour bosser sans passer par l'étape Jean-Georges. Je voulais impressionner Roxane et lui dire : « Ça y est, je bosse sur le projet Aérotrain et coussins d'air ! » Et, plus tard, je lui dirais : « C'est parti, je crois qu'on a résolu le problème de freinage, on va débuter les tests grandeur nature. » Ou encore : « Roxane, il reste une place dans la cabine pour le premier voyage, tu m'accompagnes ? M'sieur Bertin m'a indiqué que vu mon travail, je pouvais faire monter la personne de mon choix. »

Je me demandais bien à quoi ça ressemblait, un coussin d'air. J'imaginais des trucs en forme d'édredon. Je me disais que je pourrais mettre en place un Aérotrain jusqu'à Bordeaux. Avec mes relations, on pourrait faire en sorte de mettre un arrêt pas loin de chez Roxane. On pourrait même pousser jusqu'à Arcachon, elle m'avait raconté que c'était joli. À peine le temps d'enfiler son maillot de bain au départ d'Orléans qu'on serait déjà arrivés sur la plage. En cas d'oubli de serviette de bain, ça ne serait pas bien grave, on se ferait l'aller-retour fissa.

Et c'était reparti. Comme à chaque fois, je me mettais à rêver ma vie plutôt qu'à me donner les moyens de la vivre. Mais je n'ai pas fait semblant, j'ai essayé. Dès que j'avais une vache d'idée, je me la notais dans un carnet pour y penser le soir et pas avant. Et je me reconcentrais sur mes cours. Parfois ça marchait. Pas toujours. Parce que mes vaches d'idées étaient souvent plus intéressantes que Thalès, Pythagore et leurs histoires d'angles.

C'était comme s'il y avait trop de choses dans ma tête. Je pensais que ça finirait bien par sortir dans le bon ordre.

Ma mère avait punaisé une photo de l'Aérotrain au-dessus de mon bureau. Ce n'était pas encore le vrai, ce n'était qu'une maquette, mais tout de même. Une sacrée allure. Un véhicule de l'espace qui allait voler au-dessus d'un rail. Elle pensait que ça allait me motiver. Sauf qu'avoir cette photo au-dessus de moi m'empêchait de travailler. Dès que je levais les yeux, je me perdais dans mes rêves de vitesse. J'étais aux commandes, ou mieux : dans une espèce de laboratoire ultrasecret où une multitude d'ingénieurs aux cheveux blancs assortis à leurs blouses me sollicitaient pour avoir mon expertise concernant la nouvelle génération de coussins d'air.

Ma moyenne n'a pas monté. Ma moyenne n'a jamais monté. Ma moyenne n'a jamais été moyenne.

Les profs me répétaient : « On se réveille Gino ! » Comme si je dormais… Ou alors : « Toujours dans la Lune, Gino ? » Alors que j'y étais pas : j'étais dans l'Aérotrain à 400 kilomètres-heure. Je glissais au-dessus du sol avec tout le village dans la cabine. Et que ça m'encourageait, et que ça criait que j'étais un pilote d'enfer, et que ça me certifiait que je ferais quelque chose de ma vie. Même René, on l'avait décroché de son comptoir pour qu'il tâte du coussin d'air. Et qu'ça disait que mon père serait fier de moi. Quand j'en étais là de mon histoire, je ne pouvais pas m'empêcher d'avoir la larme à l'œil. C'était systématique. J'attendais qu'on me dise cette phrase : « Ton père serait fier de toi. »

Cette année-là, Roxane et moi, nous nous téléphonions deux fois par semaine et nous parlions d'Aérotrain et de théâtre. On était ingénieur et comédienne. Un vrai couple des années 1960. On avait une maison moderne avec plein d'appareils électriques comme dans le film de Tati. Elle jouait partout dans le monde et moi, j'allais installer des coussins d'air partout dans le monde. On était heureux, on était épanouis. Et nos enfants hésitaient entre devenir des inventeurs inventifs ou des acteurs actifs. Peut-être qu'ils feraient du cinéma. Pourquoi pas de la science-fiction ?

Je crois que ce fut la plus belle année de ma vie. Parce que Roxane et moi, nous avions des projets d'avenir. Un objectif. Les Américains allaient marcher sur la Lune, Roxane allait devenir une grande comédienne et moi, j'allais travailler sur l'Aérotrain.

J'avais écrit une lettre à Jean Bertin. Je m'étais appliqué, j'avais demandé à ma mère de corriger les fautes. Je lui racontais que j'étais lycéen et que, d'après certains, j'avais des capacités et que je rêvais de travailler avec lui.

Quand j'ai reçu sa réponse, j'ai tout de suite appelé Roxane pour la lui lire. Il m'expliquait qu'il aurait besoin de personnes comme moi, « de jeunes gens motivés ». Il me suggérait de travailler dur et me conseillait de faire comme lui : Polytechnique. Ou alors les Ponts et Chaussées.

Je ne savais pas ce que c'était, Polytechnique, mais ça sonnait rudement bien. J'en ai parlé au lycée. Je ne me souviens plus comment on les appelait à l'époque, mais disons qu'une espèce de conseiller d'orientation m'a dit non.

« Non, Gino. Polytechnique, c'est pour l'élite. Faut être bon en maths, faut être bon en tout. Non, Gino, oublie. Polytechnique, c'est trop dur pour toi, ce n'est pas pour les rêveurs. Non, Gino, tu as trop de lacunes, tu n'y arriveras pas.

– Mais je peux quand même essayer, non ?

– Non, Gino. On n'essaie pas Polytechnique. C'est un concours très dur. Et ce n'est pas pour les gens d'ici.

– C'est pour les gens d'où, alors ?

– Les gens de Paris, les gens des grandes villes, les gens qui font de grandes études. Les gens bien nés. »

À ce moment-là, je ne savais pas encore que Jean Bertin était né en Bourgogne, dans un petit bled qui s'appelait Druyes-les-Belles-Fontaines et que personne ne connaissait. Ça m'aurait fait une belle répartie. Mais non. J'ai insisté :

« Je suis bien né. Même que mon père travaillait sur le téléphérique du mont Blanc, même que ma mère est une photographe reconnue. »

Il a froncé les sourcils, alors j'ai ajouté :

« Dans le monde de la carte postale. »

Il m'a raccompagné à la porte avec mon rêve qu'il a mis en boule et qu'il a balancé sur le sol mouillé de la cour de récréation.

« Non, Gino, oublie. »

Je n'ai pas osé poser la question pour les Ponts et Chaussées. D'autant que je trouvais que ça sonnait moins bien que Polytechnique.

Je me suis senti vide. Seul. C'est comme si on avait crevé mon sac à histoires, comme si je devais tout recommencer à zéro.

16

La fin de l'automne m'a écrasé la tête sur l'oreiller.

Avec Roxane, on s'écrivait et on se téléphonait toujours plus. Plusieurs fois par semaine. Accoudé au comptoir, il m'arrivait de donner la réplique à Roxane pour l'entraîner. Il n'y avait pas les baisers, mais c'était bien quand même.

Jean-Georges me disait de ne pas monopoliser le téléphone. Ma mère me promettait qu'on l'aurait bientôt à la maison mais, en attendant, je n'avais pas le choix. Les habitués me faisaient de petites tapes sur l'épaule. Finalement, ils aimaient bien quand je venais téléphoner, ça leur faisait une distraction.

Quand je raccrochais, je me retrouvais seul, alors on m'offrait un petit remontant. « C'est pas Gino, c'est Roméo qu'il aurait fallu t'appeler ! » On me disait que je ferais mieux de me trouver « une petite » dans le coin, que ça serait plus commode et que ça me coûterait moins cher en téléphone. Je leur répondais, en pointant mon cœur, qu'elle était dans le coin ma Roxane. Alors ça sifflait et ça se moquait gentiment et je repartais sur mon vélo pour mettre des bûches dans la cheminée avant le retour de ma mère et je montais dans ma chambre.

Je passais mes soirées allongé sur mon lit à penser à la vie que je n'avais pas, celle que je n'avais pas eue, celle qui était passée à quelques milliers de kilomètres de moi et celle qui m'avait peut-être frôlé quand j'étais encore à Paris.

« Non, Gino. Oublie. »

Facile à dire. On n'oublie pas un projet de vie en un claquement de doigts.

Je me plongeais dans mes vieilles coupures de presse accumulées dans des boîtes en carton qui avaient servi pour notre déménagement. Je les triais régulièrement, un coup par thème, un coup par ordre chronologique. Je les lisais à voix haute, comme des mantras.

19 mai 1953 : le Népalais Tenzing Norgay et le Néo-Zélandais Edmund Hillary sont les premiers hommes au sommet de l'Everest.

Janvier 1954 : l'*USS Nautilus*, premier sous-marin à propulsion nucléaire.

Mai 1954 : le Boeing 707, précurseur des avions commerciaux à réaction.

1956 : IBM lance le premier système à base de disque dur, capable donc de stocker des données, le Ramac 305. Un vrai nom de robot de science-fiction.

1956 : Le commandant Cousteau explore le fond des océans et obtient la Palme d'or pour *Le Monde du silence*. Et moi, j'emménage dans mon hameau perdu.

1957 : Au cours de la vingt-cinquième édition des 24 Heures du Mans, Mike Hawthorn et sa Ferrari sont les premiers à boucler le tour du circuit à plus de 200 kilomètres-heure de moyenne.

Fangio, au cours de cette même édition, arrive lui à 203 kilomètres-heure ! Et moi, je suis là, à zéro kilomètre-heure.

1957, on l'a vu, c'est aussi l'année des hélicoptères Alouette et du lancement de Spoutnik.

1959 : on commence à percer le tunnel du mont Blanc. Un chantier pharaonique. Et moi, je suis là dans ma chambre, à me demander ce que mon père en aurait pensé.

Été 1959 : le pont de Tancarville est inauguré. Vous voulez des chiffres ? Une longueur totale de 1 420 mètres pour une hauteur de 123 mètres et une travée centrale de 608 mètres, ce qui en fait la plus longue d'Europe à l'époque. Et moi je suis là, je suis toujours là, du haut de mon petit mètre soixante-dix.

Le 7 août de la même année, Explorer 6 prend des photos de la Terre depuis l'espace et en octobre Luna 3, lancée par les Soviétiques, permet de découvrir la face cachée de la Lune. Et moi ? On dit que je suis dans la lune, mais non, je ne suis même pas dans l'espace, je suis là, rien que là.

En 1960, Don Walsh et Jacques Piccard s'enfoncent au plus profond des océans, au sein du submersible *Trieste*, explorant une dépression sous-marine de 10 916 mètres. Aucun homme n'a plus jamais atteint de telles profondeurs. Et moi je suis là, au niveau de la mer.

12 avril 1961, on s'en souvient, Youri Gagarine est dans l'espace. Et moi je suis là, à raconter sans cesse son histoire au lieu de la vivre.

En 1962, les Italiens et les Français se serrent la main sous le mont Blanc, un tunnel long de 11,6 km.

Cette même année, le paquebot *France* entreprend sa première traversée de l'Atlantique. Allez, un autre chiffre, c'est cadeau : 314 mètres de long, le plus grand bateau du monde. Ah ça, on était fiers, mais j'étais là, moi. Dans ma chambre. À passer à côté de mon époque.

En 1965, premier satellite français dans l'espace. Il s'appelle Astérix. Moi, je m'appelle Gino et chui là.

Même année : première sortie d'un homme dans l'espace. Il est soviétique et s'appelle Alexeï Leonov. Enchanté, moi c'est Gino, et chui là.

17

Je ne suis pas passé en première. Une nouvelle fois. La honte. J'ai vraiment eu honte. Une honte écrasante, une honte effroyable. Je n'en revenais pas. Je ne savais pas que c'était possible. On ne voulait pas de moi en première. La honte. Les gars de chez Jean-Georges me disaient qu'on s'en foutait, qu'ils n'avaient pas eu besoin de leur bac pour trouver un travail. Que c'était rien qu'un foutu bout de papier, que je ferais bien d'aller me trouver un boulot pour ramener de l'argent et offrir des fleurs à ma Roxane. Et puis j'avais mon certificat d'études, c'était le plus important. Sauf que moi, mes espoirs étaient montés très haut dans le ciel, avaient franchi la troposphère, transpercé la stratosphère, traversé la mésosphère, parcouru les 384 400 kilomètres qui les séparaient de la Lune, avaient fait le tour de cette dernière, étaient revenus à une vitesse incroyablement élevée pour finir par s'écraser piteusement dans un champ de pommes de terre de l'Orléanais. J'ai bien essayé de leur expliquer que c'était par rapport à mes rêves, par rapport à moi-même que j'avais honte, ils me répondaient que c'était un argument trop parigot pour eux.

On m'a qu'il fallait encore plus d'efforts, qu'il ne fallait pas que je me disperse, qu'il fallait que je me concentre, que j'apprenne à rester concentré, et encore concentré, comme ça avec les sourcils froncés de celui qui travaille sur quelque chose d'important. On m'a dit que mon Polytechnique à moi, c'était maintenant que ça se passait. Et que si ça n'allait pas, il faudrait que je fasse quelque chose d'autre et que ce n'était pas si grave.

La Vieille tante est venue me suggérer que le yoga et la méditation me feraient peut-être du bien. Elle a ajouté que finalement, Polytechnique, ce n'était pas une bonne idée, je m'y serais ennuyé, que je n'étais pas fait pour effectuer des calculs compliqués et que ce n'était pas très grave. Le monde n'avait plus besoin de calculateurs.

« Ma foi, tu as entendu, avec ces histoires d'ordinateurs qu'ils sont en train d'inventer partout... Dans quelques années, les humains n'auront plus à savoir compter. On laissera ça aux machines. »

Elle avait enchaîné, les yeux brillants :

« En parlant de machine, en voici une épatante : un électrophone. »

C'était le premier qu'on avait à la maison.

Elle avait pris quelques disques avec elle. Elle en a mis un sur la platine. Un groupe anglais. « En musique, il n'y a que les Anglais et les Américains. Les Français ne savent pas faire de rock. » Ça m'a sorti de ma torpeur, je lui ai dit quand même Johnny, je lui ai dit quand même les Chats sauvages.

Elle m'a fait signe de me taire. « Tu vas découvrir les Beatles, c'est un moment bath pour toi. »

Ils étaient tous les quatre sur la pochette avec leurs drôles de coiffures. On a écouté tous les morceaux en silence. Je ne comprenais rien aux paroles, mais la Vieille tante disait que ce n'était pas grave, qu'il fallait que je me laisse porter. Je ne l'avais jamais vue comme ça : elle avait fermé les yeux et c'était comme si tout son corps battait la mesure. Elle dansait sans danser. J'ai fait comme elle, j'ai fermé les yeux et j'ai écouté. De temps en temps, je les ouvrais pour regarder le nom du morceau sur la pochette. Quand le disque s'est achevé, on a remis la face A. Elle a déclaré qu'il n'y avait rien de mieux que le rock pour faire passer la tristesse. Le deuxième morceau s'appelait « I'm a loser », je lui ai demandé ce que ça voulait dire. Elle m'a répondu de laisser tomber, que c'était rien que des mots comme ça.

Pendant les quelques jours qu'elle a passés à la maison, elle m'a fait écouter consciencieusement les disques qu'elle avait apportés. Quand elle a mis « The House of Rising Sun », elle n'a pas pu s'empêcher de lâcher : « Ma foi, il faut bien avouer que c'est une autre limonade que ton Jauni, non ? » Et elle m'a achevé avec les Kinks : là, la Vieille tante, vous l'auriez vue, elle avait l'air d'avoir vingt ans. Elle m'a regardé comme on ne m'avait jamais regardé. Je ne savais pas si c'était de la colère ou de la joie. Il y avait une espèce de folie dans ses yeux. Ou alors, c'était la manière qu'elle avait de hausser les sourcils et de les garder là-haut, tout là-haut. Et elle m'a dit :

« Ma foi, mon petit, tu feras bien ce que tu peux de ta vie et on ne laissera personne te juger. Il y a plein de choses à construire ou à reconstruire dans ce pays.

Tu verrais dans la banlieue de Paris, on bâtit des villes nouvelles, avec des tours tout équipées, des routes et des parkings tout neufs pour se garer facilement. Le monde est à toi, Gino. Tu comprends ? Le monde est à toi. Et personne ne te le prendra. T'as pas besoin de faire Polytechnique pour être quelqu'un. Regarde leurs petites gueules, à eux. Tu crois qu'ils sont plus intelligents que les autres, les Beatles ? Non ! Tu crois qu'ils sont plus beaux que les autres ? Non ! Bon, Paul est tout à fait charmant, mais ce n'est pas la question. Ils ne sont ni plus intelligents ni plus beaux mais ils sont géniaux. Parce qu'ils réalisent leurs rêves. »

C'est là qu'elle m'a sorti une arme secrète. Une photo qu'elle a dépliée.

« Ma foi, ça, c'est un Polytechnicien. Tu veux vraiment avoir un couvre-chef ridicule comme ça, mon Gino ? »

Je lui ai dit que moi, je voulais fabriquer, je voulais révolutionner le monde, je voulais penser à des trucs auxquels personne n'avait jamais pensé. Je voulais inventer quelque chose qui allait faire que la planète ne serait plus jamais pareille après.

« Comme la bombe atomique ? »

Touché.

Avec la Vieille tante, on a réfléchi toute la nuit. On a discuté et discuté encore. On cherchait quelque chose qui n'avait pas encore été réalisé. C'était ça, les années 1960. On savait qu'il se passait plein de choses. Sauf que moi, j'étais arrivé un tout petit peu trop tard, un tout petit peu au mauvais endroit. Toutes les terres avaient déjà été explorées, tous les sommets escaladés. Il ne restait plus que l'espace.

Et le temps. Et la clef du temps, c'était la vitesse. Donc l'Aérotrain.

C'est elle qui m'a fait remarquer que pour qu'il fonctionne, il ne suffisait pas d'un ingénieur, d'un pilote et d'un Jean Bertin. Il fallait toute une armée de travailleurs, d'ouvriers, de gens qui avaient leurs petites et leurs grandes spécialités. Elle m'a parlé d'un ami à elle qui avait fait la Grande Guerre et qui avait été blessé dès l'automne 1914. « Eh bien, ma foi, il a continué à conduire des véhicules, à transporter des blessés, à se rendre utile. Après la Guerre, il a enquêté pour retrouver des soldats qui avaient disparu. Ma foi, il n'a rien fait d'héroïque, mais c'est grâce à des gens comme lui qu'on a gagné. Et aux Américains, bien sûr. » Elle a ajouté que si un jour l'Aérotrain fonctionnait, ça serait grâce à tous ceux qui auraient participé au projet.

Ça m'a regonflé, je me suis dit qu'il y avait une place pour moi dans ce monde. J'étais prêt à me remettre au travail.

« Au moins le bacho, allez, au moins le bacho. »

Et j'ai reçu sa lettre.

Roxane.

Qui me quitte.

Qui me dit au revoir comme ça.

Qui me dit que ce n'est pas ma faute.

Qui me dit qu'elle a rencontré quelqu'un. Quelqu'un qui travaille dans le théâtre. Qui est metteur en scène.

Qui me dit que je resterai toujours sa première histoire d'amour.

Qui me dit qu'elle est heureuse de m'avoir rencontré.

Qui me dit plein de choses, mais aucune que j'avais envie de lire ou d'entendre. Qu'on peut rester amis, qu'elle viendra me voir. Et pourquoi pas une danse au bal du village.

Elle m'échangeait une vie contre une danse. J'ai cru mourir.

18

Dans mon cœur, de la peine. De la peine dans mes poumons, à n'en plus respirer. De la peine dans les veines, à m'en faire péter les artères. Les yeux embués dans la peine et la peine et la peine encore partout en moi. Je n'étais plus qu'un vieux sac de peine bourré à craquer et voué à se fissurer ou bien exploser.

L'explosion n'est jamais venue, pas celle que j'attendais en tout cas. Le sac ne s'est pas crevé. Rien ne s'est déversé, rien ne s'est évaporé. Ça va passer, tu parles, rien n'est passé, tout est resté.

C'était au moment où Christophe criait Aline pour qu'elle revienne. Elle non plus ne revenait pas. Et j'ai pleuré, pleuré et j'ai crié, crié. Du haut de mes dix-neuf ans, j'avais la conviction que cette chanson avait été écrite pour moi. J'ai envoyé une lettre à Christophe pour lui dire que je le comprenais, que j'étais comme lui, qu'il ne me restait que le souvenir d'un doux visage. Le mien avait été gravé sur le sable d'une plage atlantique près de Bordeaux. Et on me l'avait volé. Quelqu'un de mieux, quelqu'un qui présentait mieux, quelqu'un qui parlait mieux, quelqu'un qui s'y connaissait en théâtre et en culture, quelqu'un qui ne passait pas ses journées à rêver sa vie, quelqu'un qui s'était donné les moyens, quelqu'un qui voyagerait partout dans le pays, partout dans le monde avec ma Roxane au bras, qui était devenue sa Roxane, enfin disons Roxane tout court, parce que je savais bien qu'elle n'appartenait à personne ma-sa Roxane, elle était libre. Mais tout de même, je la préférais libre à mes côtés plutôt qu'au bras de ce metteur en scène qui allait la rendre heureuse sans moi.

Les danseurs de ma boule à neige se sont aussi mis à crier et à pleurer. Et ils ont fait fondre les flocons. Ça me faisait une drôle de boule à pluie avec deux danseurs tout dépressifs. Ils étaient avachis dans leur bain de larmes tièdes et ils mollissaient.

Je me suis promis de l'attendre, je l'ai crié dans la forêt, je l'ai crié debout sur mon vélo à fond sur la départementale, je l'ai crié au bout du jardin quand il n'y avait personne autour. C'était comme dans la chanson : je criais et je pleurais pour qu'elle revienne. Elle avait le droit de douter mais pas de partir. Allez, dis, avoue, c'était une blague, un truc pour tester notre amour, parce qu'on manquait d'épreuves et tu as estimé que ça renforcerait les liens qui nous unissent ?

J'ai essayé de comprendre. Je me suis demandé si c'était parce que je n'avais pas les bons mots, pas les bonnes tournures, que je faisais trop de fautes d'orthographe. Même à l'oral, je faisais des fautes d'orthographe. Quand je lui faisais réciter ses pièces de théâtre, il y avait plein de mots que je ne connaissais pas.

Je ne faisais pas les liaisons au bon endroit. Et pourtant, ça ne m'empêchait pas d'aimer, ça ne m'empêchait pas de pleurer à chaque fois à la mort de Cyrano, ça ne m'empêchait pas de raconter des histoires que tout le monde écoutait, même si c'était pas professionnel comme son metteur en scène.

J'ai pensé : « C'est la faute à la campagne. C'est la faute à ce trou pourri où ma mère nous a emmenés. C'est la faute à tous ces silences tout le temps, le silence des champs, celui des arbres, celui de la route. Ici, on ne parle pas. On commente parfois, quand c'est grave. Et puis c'est tout. » Alors les mots, je ne les avais pas, pas comme il fallait en tout cas.

Quand la dame de l'Institut français d'opinion publique est venue, cette fois, elle n'a pas insisté. Elle m'a demandé si je voulais donner une note de 1 à 10 à mon malheur. Face à mon silence, elle n'a pas insisté, elle a allumé le transistor et s'est assise à côté de moi, dans la cuisine. On s'est coulés dans la musique et on a écouté Aline pour qu'elle revienne. La dame a plu sur cette plage, elle a fait venir l'orage. Je ne sais pas comment elle a fait, elle était forte la dame de l'Institut français d'opinion publique, parce qu'avant qu'elle arrive, il n'y avait ni pluie ni plage. Le carrelage de la cuisine s'était transformé en sable et les embruns nous mouillaient les cheveux. Alors, à ce moment-là, à ce moment-là seulement, elle a appuyé sa tête contre la mienne et elle a commencé à pleurer tout doucement parce que c'est mieux de pleurer à deux.

J'ai perdu du poids. J'ai pleuré. J'ai arrêté d'aller au bistrot. J'ai pleuré. Je ne suis pas allé voir les copains.

J'ai arrêté de m'intéresser au football. Je me suis allongé sur mon lit. Je trouvais la région moche. Je trouvais le monde moche. Même l'univers, qu'est-ce qu'ils avaient tous, là, à vouloir y envoyer des fusées ? L'espace : moche. Et moi : moche. Il n'y avait que Roxane qui était belle. J'ai pleuré. Je ne parvenais pas à ne plus l'aimer. Je lui écrivais des lettres nulles que je roulais en boule et que je piétinais. Et je l'imaginais au bras de son metteur en scène qui parlait pointu. J'ai pleuré.

Ma mère me disait qu'il fallait que je me bouge, qu'il fallait que j'aille dehors, que je prenne l'air, que je me batte, merde !

Et je savais au fond de moi ce qu'elle pensait : elle, son amoureux, il n'était pas parti avec un metteur en scène, il était mort.

Alors j'ai continué à pleurer. Mais dehors.

RÉCLAME

Nivea solaire.
Pour que vous profitiez pleinement
de vos bains de soleil.
Nivea solaire offre à votre peau
une double protection.
Contre la brûlure des ultra-violets,
par son soin antisolaire le plus moderne.
Contre le dessèchement provoqué par les
rayons du soleil, la chaleur, le vent, l'air salin,
grâce à l'extrait purifié de lanoline qui fait
pénétrer profondément dans l'épiderme
les substances hydratantes, lubrifiantes et
tonifiantes qui lui sont indispensables.
Avec Nivea Solaire, votre peau, au lieu
de s'épuiser, gardera vigueur et fraîcheur.
Elle bronzera mieux, elle bronzera « en beauté ».

Pour Noël, offre un Mini Bécane...
La bicyclette d'enfant à protection totale !
Chaîne sous carter – freins avant et arrière à
poignées inversées – pédales « caoutchouc bloc »
MOTOBÉCANE – MOTOCONFORT

Enfin voici LORSO, nouveau lait de santé !
Lorso est un lait typiquement moderne.
Préparé par Mont Blanc (quelle garantie de qualité !), Lorso vous permet de reconstituer, à la seconde, un délicieux lait écrémé.
Lorso nourrit *bien*, mais il nourrit *léger*.
Lorso est bon, Lorso est meilleur.
Lorso est « signé » Mont Blanc.

Promis craché

On avait promis craché.
On était plus forts pour cracher.
C'est facile de cracher.
Cracher, recracher et cracher encore.
Des promesses en crachats.
Des crachats qui valent de l'or.
Des crachats non tenus.
Et des promesses perdues.
Et alors tu crois quoi ?
Qu'on s'est menti, comme ça ?
Et alors tu sais quoi ?
On savait pas.
On ne savait pas.
On a avancé.
On s'est plantés, mais on a avancé.
Et on a craché.
On a recommencé à cracher.
Sur nos promesses, sur les erreurs.
Les erreurs passées et celles d'après.
Sur les races et dans les tasses.
En surface.
Sur les poèmes à crier dans les ruines.

Sur les alexandrins, sur les rimes.
Sur quelques poètes dont je tairai les noms.
Tu crachais avec grâce.
Je crachais sur mes godasses. Pas exprès.
Je n'ai jamais su.
J'ai toujours fait semblant.
Je n'ai jamais osé te demander.
Comment faire un beau crachat.
Un qui s'envole et qui va loin.
Un qui parcourt un petit bout de monde.
Avant de s'écraser.
Comme un funambule maladroit.
Je sais bien, tu savais bien.
Tu voyais, tu disais rien.
On ne crachait pas pareil.
Tu crachais joli.
Je crachais moche.
Mais on crachait ensemble.
On a promis craché.
Et finalement je n'étais pas si fort.
Ni pour l'un. Ni pour l'autre.
Mais je suis encore là.
Des crachats sur les godasses.
Des promesses plein la besace.

19

J'ai quitté le lycée. Ça ne rimait plus à rien, ça n'avait aucun sens. Heureux, je n'y arrivais déjà pas, alors malheureux, c'était peine perdue.

J'ai enfoui mes rêves d'Aérotrain et de Polytechnique au fond d'un vieux placard à fantasmes irréalisables.

Ma mère voulait que je trouve un travail sans attendre, n'importe lequel. « Le travail, c'est la santé », comme si c'était facile de se projeter comme ça du jour au lendemain. Je ne sais pas dans quelle mesure elle y croyait. Je pense qu'elle était tout simplement démunie face à mon chagrin. Il n'y a pas de recette pour lutter contre les chagrins d'amour. Mon frère m'a dit : « Une de perdue, dix de retrouvées. » Il n'y croyait pas et moi non plus. À croire que personne ne croyait plus à rien.

D'ailleurs, le curé attendait parfois devant la grande porte de l'église et tentait de renouer des liens avec ses ouailles. Quand je passais dans le secteur, il me souriait en me demandant quand est-ce que je comptais faire ma communion. J'étais l'un des seuls de ma génération à ne pas l'avoir encore faite.

Il était sympa et tout excité à l'idée de ne plus avoir à dire la messe en latin, il espérait que ça ferait revenir tout le monde. On le voyait parfois chez Jean-Georges qui lui lançait systématiquement qu'il ne servait pas de vin de messe, mais qu'il avait un p'tit blanc dont il lui dirait des nouvelles. Quand Roxane m'a quitté, il ne m'a pas posé de questions, il m'a simplement pris la main en me regardant droit dans les yeux et m'a assuré qu'il me comprenait. Il a ajouté : « C'est dur, ça fait mal. Seul le temps peut guérir ce genre de blessures. »

Quarante ans plus tard, je m'en souviens encore, je vois ses grands yeux noirs plantés dans les miens. Ça m'a fait du bien parce qu'il n'a pas fait semblant que ce n'était rien. Il ne m'a pas signifié que c'était un amour de jeunesse et que j'allais en retrouver dix ou plus. C'est peut-être parce qu'il n'avait qu'un seul Dieu qu'il me comprenait. Un seul amour, un seul Dieu.

Pour la première fois de ma vie, je n'avais nulle part où aller. Plus de lycée, plus d'amoureuse, plus de raison d'être là, pas de raison d'être ailleurs.

J'avais l'impression d'être nu au milieu de la nature. Je ne savais pas dans quelle direction aller, je ne savais pas quoi faire, si je devais partir en courant, me cacher ou aller de l'avant, mais comment ? Mon frère me disait qu'il fallait que je trouve ma voie, qu'il n'était pas inquiet parce que j'avais de l'imagination.

Alors j'ai attendu, un peu. Que l'imagination fasse son travail. Que ma blessure guérisse. J'ai passé pas mal de temps avec Jacques à ne rien faire, à écouter sa logorrhée, à l'aider dans les services qu'il rendait à un peu tout le monde, à fumer des cigarettes dans les granges et boire quelques bouteilles au bord de la rivière. J'étais toujours vide d'histoire, et Jacques me reprochait d'avoir changé. Il me balançait que je ne me ressemblais plus et que je commençais à l'imiter et qu'il n'aimait pas ça.

Il avait raison : si je ne me reprenais pas en main, j'allais passer ma vie comme lui, sur une mobylette, à ne jamais m'éloigner du village de plus de dix ou vingt kilomètres, à parler d'une drôle de voix de manière décousue. J'ai senti que si je ne faisais pas quelque chose, j'aurais honte de recroiser Roxane.

Alors j'ai regardé les annonces, alors je me suis fait propre, alors j'ai déclaré à ma mère que c'était fini les conneries, alors j'ai remis mon réveil.

Je serais triste mais debout et bien peigné.

Mon premier travail, c'est grâce à ma mère que je l'ai trouvé. Auprès d'un certain André Porre, un journaliste qui officiait en tant qu'attaché de presse et photographe pour les services d'information de la base militaire américaine. Elle l'avait rencontré à l'occasion de l'une de ses tournées. Mon boulot consistait principalement à l'accompagner un peu partout, à assister aux défilés des troupes, aux tournois sportifs, aux cérémonies en tout genre et aux divers exercices militaires. Il parlait anglais, français et tout le temps avec tout le monde. Parler, c'était son métier. Il m'a fait découvrir la région. C'était un amoureux du coin, un passionné. Il est devenu mon nouveau René. Il voyait bien que je n'avais pas d'aptitude pour le journalisme, rapport à mon orthographe déplorable et à ma syntaxe parfois hasardeuse, mais il s'est montré patient. Il vivait mal sa séparation et le fait de ne plus pouvoir s'occuper de ses gamins. Je crois bien qu'il a compensé avec moi.

C'est lui qui m'a emmené sur le chantier de La Source, le nouveau quartier qui se bâtissait au sud d'Orléans. Une espèce de campus universitaire, accompagné d'un parc floral et tout un tas de constructions.

« On n'imagine pas, mais ça va nous changer la vie. »

Quand la base a fermé, ça lui a fait un drôle de malaise dans le coin du cœur, à monsieur Porre. Mais il a rebondi, il connaissait tout le monde. Il a bossé pour le Bureau de recherches géologiques et minières d'Orléans, le BRGM, qui était l'un des grands enjeux de La Source. Pas un jour sans qu'on en parle dans le journal.

« Orléans, ça va être le centre de la France, tu vas voir. »

Moi, le BRGM et le quartier de La Source, ça ne m'excitait pas plus que ça. Les mines, pour moi, c'était le passé. Enfoui, enterré. Mais André Porre n'en démordait pas : « Même si toi, tu t'en fous de la géologie, pour nous, c'est important. C'est Paris qui vient à nous, Gino ! Tu te rends compte, le BRGM, c'est le centre de référence, c'est l'Oxford à la française ! Toute la connaissance géologique du pays va être concentrée ici ! »

Il avait raison. Je ne comprenais rien à l'intérêt scientifique du BRGM, mais ce qui est certain, c'est que ça allait attirer du monde et du beau monde. Le ministre de l'Industrie était venu l'inaugurer en grande pompe. Tout cela faisait partie d'un plan d'aménagement et d'organisation générale de la région parisienne. Orléans, au même titre que Rouen, Amiens, Reims, Troyes et Le Mans, devenait l'une des villes satellites pour décongestionner la capitale et en limiter la croissance urbaine.

« C'est toute la France qui est en mutation, Gino ! »

Ça m'a fait l'effet d'un électrochoc. J'eus une furieuse envie de téléphoner à Roxane. Pour lui parler de la France en mutation, du quartier de La Source, lui dire qu'il y aurait sûrement un théâtre. Lui dire aussi que je pensais à elle, qu'elle me manquait, que le monde pouvait muter tout ce qu'il voulait, si elle n'était pas là, ça ne servait à rien.

Histoire de Roxane

Gino ne revit plus Roxane pendant plusieurs années. Parfois, il croisait ses grands-parents et ne pouvait s'empêcher de demander de ses nouvelles. Cela le faisait immanquablement souffrir et, pourtant, il demandait. Il avait besoin de savoir ce qu'elle devenait et, soyons francs, il espérait secrètement que son metteur en scène soit assez stupide pour laisser passer sa chance. Il n'est pas rare que les metteurs en scène changent de chance entre les pièces.

Roxane l'avait rencontré alors qu'elle était en classe de première. Elle en avait d'ailleurs parlé à Gino. Elle le trouvait sensationnel et, quand il lui avait confié le premier rôle dans une pièce, elle était prête à tout pour être à la hauteur. Il avait su la mettre en confiance, tirer d'elle des choses qu'elle ignorait avoir. Sur scène, il savait la faire rire, la faire pleurer. Dans la vie, il savait la faire rire, il savait faire pleurer Gino. Il était grand, brun, mince, portait d'amples chemises aux manches larges d'où sortaient deux mains blanches aux doigts fins. Il prenait des grands airs. Il jouait l'inspiré, le poète, le dramaturge ténébreux qui gère des souffrances internes dont il ne peut pas parler, enfin... sauf si vous insistez.

Ils se sont vus plus régulièrement pour répéter ou pour parler des grands textes et des rôles auxquels elle pourrait prétendre. Il l'encourageait à aller jusqu'au bac. Après, c'était la liberté.

Évidemment qu'elle a eu son bac, Roxane. Évidemment qu'elle a eu une mention. Évidemment que toute la famille était bien fière d'elle. Pensez donc : un joli bac mathématiques – parce que dans la famille on avait un bac mathématiques même quand on ne voulait pas faire de sciences, juste parce qu'on estimait que c'était le meilleur.

« Alors Roxane, maintenant, du droit ? Médecine ? »

Roxane, c'était du théâtre qu'elle voulait faire. Même sans son metteur en scène aux malheurs insondables, elle aurait eu envie d'y consacrer sa vie.

Ses parents n'avaient pas vu ça du tout d'un bon œil. Le théâtre leur allait bien comme simple loisir, ça faisait joli dans leur vitrine familiale, une fille qui se piquait du sixième art, mais de là à mener une vie de saltimbanque... Ils lui avaient dit qu'elle devait choisir entre eux et le théâtre. Même si elle ne s'était pas installée tout de suite chez son metteur en scène aux airs impénétrables, elle avait choisi le théâtre et pris la porte.

Toujours sous l'effet des philtres d'amour, Gino avait admiré cette décision. Il lui avait même écrit une lettre dans laquelle il lui disait qu'il était fier d'elle, qu'elle avait fait le bon choix. Elle lui avait envoyé plusieurs semaines plus tard une petite carte sur laquelle elle lui répondait qu'elle avait été touchée par sa lettre et qu'elle avait été contente d'avoir de ses nouvelles.

Il avait eu beau réfléchir, il était à peu près certain de ne lui avoir donné aucune nouvelle.

Il n'est pas allé la retrouver. Il l'a regretté pendant des années. Peut-être que cela aurait tout changé, peut-être que, à ce moment-là, tout était encore possible. Ce n'était pas si compliqué d'aller à Bordeaux, de trouver sa troupe et de l'attendre à la sortie d'une répétition. Mais il sentait bien qu'il cadrait mal dans le tableau de Roxane. Il ne connaissait rien à son milieu qui débordait de bons mots, de jolies phrases et d'épatants paragraphes. Il se serait ridiculisé devant son metteur en scène à la beauté mystérieuse, et cela aurait été pire.

Il est resté chez lui. Face au miroir, Il a bien tenté un regard crépusculaire. Force était de constater que son regard crépusculaire avait quelque chose de benêt qui n'aurait pas impressionné le metteur en scène à l'intelligence inaccessible.

Quelques mois plus tard, Gino a appris qu'elle allait se marier. Cela lui a fait mal, très mal, extrêmement mal. « Plus mal que mal, en français, ça n'existe pas », aurait soufflé son père, mais n'hésitons pas à nous servir des racines italiennes de Gino pour affirmer sans détour que cela lui fit *malissimo*. C'était comme si une comète était venue s'écraser directement sur son cœur.

Il a été question de deux cents invités, d'un orchestre, d'un feu d'artifice et d'un voyage de noces à Majorque. On a beau chasser la fille de la maison, le mariage, c'est une affaire sérieuse. Et un acte social.

Tous ces détails, Gino aurait préféré ne pas les connaître, mais que voulez-vous, quand on est amoureux, on veut tout savoir. Ajouter du malheur au malheur.

Ce qu'il n'a jamais su, en revanche, c'est que Roxane avait fait croire à ses parents qu'elle était enceinte de manière à précipiter les noces.

Une fois mariée, elle a pu se consacrer à sa passion, a débuté par des rôles de jeune ingénue, a foulé un nombre incalculable de planches, fait des tournées un peu partout dans le pays – mais jamais dans l'Orléanais. On commençait à parler d'elle. Son nom était de plus en plus gros sur l'affiche. Jamais aussi gros que celui de ses partenaires masculins, évidemment, mais tout de même, il était déjà bien lisible.

Sa carrière était lancée. Il y a eu des articles, quelques interviews. Le cinéma est arrivé en donnant la patte et lui a permis de franchir un nouveau cap de notoriété. Elle a d'abord joué dans des films noirs aux allures de comédie. C'étaient de petits rôles mais elle côtoyait du beau linge. Elle donnait la réplique à Jean Gabin dans *Du Rififi pour l'oseille*, Lino Ventura dans *De la Schnouf plein les poches*, Bertrand Blier dans *Requiem pour un marlou*, Louis de Funès dans *Un funambule dans l'ascenseur*, encore de Funès accompagné cette fois de Bourvil dans *Deux babouches sans personne*.

Elle obtint son premier grand rôle avec son interprétation d'Erika dans *La Damnée* où elle partageait l'affiche avec Alain Delon et creva l'écran dans le rôle de Maïa dans *Milo, Elliot, Pierre et les autres* avec Yves Montand, Michel Piccoli et Jean-Pierre Marielle.

C'était l'époque de la Nouvelle Vague, pas celle qui glissait le mieux à la campagne, mais tout de même, au village, ça faisait parler. Ils avaient une vedette. Pourtant, elle n'y mettait plus les pieds. Ses grands-parents vieillissaient et venaient eux aussi moins souvent. Un jour, la maison fut mise en vente.

Évidemment, Gino s'est précipité pour la visiter. Il n'y était pas entré depuis des années. C'est l'odeur qui l'a frappé en premier. C'est comme s'ils étaient tous les trois encore là. Roxane et ses grands-parents. La vieille horloge, la table de la cuisine, et même les photos sur le mur. Les lits. Il s'est assis sur celui où il l'avait tenue dans ses bras. L'agent immobilier lui a demandé si ça allait. Il est descendu en silence et a subrepticement décroché une photographie de Roxane du mur de la cuisine.

Il est allé voir ses films.

Bien sûr, il est allé voir ses films.

La première fois, il a été émerveillé et a pleuré de la voir, comme ça, si belle, si naturelle. C'était sa Roxane, celle qu'il avait connue, qu'il avait enlacée, qu'il avait embrassée. En mieux. Une version adulte, affirmée, forte. Elle prenait bien la lumière, disait-on dans la presse. C'était le moins que l'on puisse écrire. Ça lui a fait un sacré choc, quand il a entendu sa voix à l'écran, la même voix qui avait choisi les prénoms des enfants qu'ils n'auraient pas, en plus grave, en plus posée. Il mesurait tout le travail qu'elle avait accompli. Il était incroyablement heureux pour elle et terriblement malheureux de ne pas être avec elle.

Ce que l'on peut noter, c'est qu'elle n'a jamais joué dans la pièce de Rostand, ce que Gino a pris comme une petite victoire. Il resterait éternellement tout à la fois son seul Cyrano et son unique Christian.

Gino n'a jamais su combien la carrière de Roxane lui devait. C'est lui qui a donné à la jeune comédienne une confiance qui ne l'a jamais quittée, même dans les moments les plus délicats de sa vie professionnelle. Il avait été son premier répétiteur, son premier public, son premier admirateur.

Journal de 20 heures

14 décembre 1965
Interview de monsieur Batsal, ingénieur.

« Les caractéristiques de ce moyen de transport sont essentiellement le remplacement de la roue des moyens de transport classiques, que ce soit véhicule terrestre genre train ou voiture, par un coussin d'air qui assure à la fois la sustentation et le guidage. La sustentation sur la partie horizontale du rail que vous voyez là et le guidage sur la partie verticale.

– À quelle vitesse glissera l'Aérotrain ?

– L'Aérotrain expérimental glissera à... euh... au maximum à une vitesse de 200 kilomètres-heure, ce qui correspond à une vitesse pour un engin opérationnel de 350 à 400 kilomètres-heure.

– Et combien de passagers pourra-t-il transporter ?

– Le nombre de passagers transportables sera de 80 à 100 suivant les modèles.

– Et quelles seront les prochaines étapes ? Le calendrier en quelque sorte...

– Les prochaines étapes, elles seront d'abord... Procéder aux essais eux-mêmes. Ces essais vont avoir lieu à partir de, disons fin février, se prolongeront jusqu'aux vacances et il semble que, au moment des vacances, si tout va bien, on puisse être en mesure de décider, ou plus exactement de proposer l'étude d'une ligne opérationnelle. »

20

J'avais beau avoir renoncé à mes rêves de grande carrière, l'Aérotrain au JT, ça m'a sacrément remué. Ça devenait concret, ça devenait sérieux, tangible. Nous n'avions pas la télévision à la maison. Mais chez Jean-Georges, ça avait fait bavasser. Là, on ne parlait plus de quelques lignes dans un quotidien, on parlait du journal de 20 heures, la grand-messe, le Rendez-vous.

J'avais commencé à poser des questions à tous ceux qui avaient une télé. « Ils ont dit quoi ? Et comment ? Et ils vont la faire où, la ligne opérationnelle ? Et vous l'avez vu ? Il y avait des images de l'Aérotrain ou juste un visage de l'ingénieur avec une ride de Polytechnicien sur le front pour montrer qu'il réfléchit beaucoup ? »

Jacques, que je croisais de moins en moins, m'avait lancé que ça allait encore tout chambouler, cette histoire de train qu'était pas un train mais qui ressemblait à un train sans être un train. Il a ajouté que les ingénieurs, ça serait mieux s'ils allaient s'ingénier un peu plus loin parce que c'était un coup à remembrer tout ce qui ne l'était pas déjà et qu'après on lui mettrait sa mobylette sur coussin d'air et qu'il était pas sûr que ça le tenterait de quitter la route pour des coussins d'air.

Moi, je voulais toujours en être. Alors j'ai demandé à monsieur Porre, qui me paraissait plus fiable que Jacques, ce qu'il en pensait. Il n'a pas tourné autour du pot et m'a dit que, pour un projet de cette ampleur, il allait falloir construire des infrastructures, couler du béton, charrier du gravier et que ça, ça s'apprenait. Il m'a rencardé sur La Source : là où il y a des travaux, il y a besoin de bras. Et à La Source, on ne manquait pas de travaux. Il m'a certifié que j'apprendrais bien là-bas et m'a donné un nom et une adresse. J'ai pris ma mobylette et j'ai avalé les kilomètres jusqu'à La Source.

Un homme m'a ouvert son bureau, m'a expliqué qu'un ouvrier venait de se blesser et qu'il y avait un poste à pourvoir. Il m'a demandé ce que je savais faire, je n'avais pas trop de réponse, alors j'ai placé les mots coussins d'air, Jean Bertin et Aérotrain. Il m'a regardé bizarrement, s'est passé la main dans les cheveux, a fini par mordre dans un sandwich qu'il a sorti d'un tiroir. Il m'a demandé si j'étais bricoleur, j'ai dit que oui, même si ce n'était pas complètement vrai, je sentais que c'était la bonne réponse. Il m'a demandé si je faisais du sport. J'ai dit que oui – j'ai failli évoquer Raymond Kopa, mais je me suis ravisé. Il m'a demandé si j'étais ponctuel. J'ai dit oui, ce qui était vrai, même si La Source, ce n'était pas tout à fait la porte à côté et que ça me faisait une trotte depuis chez moi.

Il a posé son sandwich sur son bureau.

A ouvert un tiroir.
A sorti quelques feuilles de papier.
M'a dit signez ici.
Ai signé ici.
M'a dit signez là.
Ai signé là.
M'a dit revenez lundi à 7 heures pétantes.
Suis revenu lundi à 7 heures pétantes.

À la maison, on a fêté ça avec une bonne bouteille. Mon premier vrai boulot trouvé tout seul. Ma mère était fière de moi. Elle s'inquiétait un peu de ce que j'allais faire, m'a conjuré de faire attention de bien plier les genoux si je portais des charges lourdes. Elle m'a demandé si j'étais sûr de m'orienter vers ce genre de métiers. M'a dit que c'était quand même un choix étonnant pour un rêveur. « La construction, c'est du sérieux, mon Gino. Tu vas pas pouvoir rêver toute la journée. Si tu oublies un mur, l'immeuble, il se renverse, tu sais. »

Je lui ai rappelé ce que racontait monsieur Porre à propos d'Orléans qui allait devenir le centre de la France. Et puis je lui ai révélé mon plan secret. J'allais faire mes armes pour être opérationnel sur la voie qu'ils allaient construire pour l'Aérotrain. Ils allaient forcément recruter autre chose que des ingénieurs à un moment ou à un autre. Et ça serait dans pas longtemps et je serais prêt et je serais là, où que ce soit..

Le lundi matin, il faisait nuit, il faisait froid et j'ai roulé sur la départementale puis sur la nationale, je suis passé au-dessus de la Loire. Il faisait moins nuit, il faisait moins noir lorsque je suis arrivé. On m'a indiqué un bâtiment en chantier, j'y suis allé.

J'ai poussé une brouette, j'ai pelleté du ciment, poussé la brouette, pelleté du ciment, poussé la brouette, pelleté, brouette, ciment, brouette, ciment, poussé, pelleté, pelleté pelleté poussé, ciment brouette, pelleté ciment ciment, ciment pelleté pellette, broument pousseté, cimette, broué, poussette, poulleté poulléte, broument.

J'étais exténué, j'avais mal partout, je découvrais que j'avais des muscles dont je ne soupçonnais pas l'existence à des endroits tout à fait étonnants. J'avais les mains en feu.

Il y avait une bonne ambiance, de la camaraderie, des coups à boire. Je me suis fait des copains à la pelle. Au début, on me prenait pour un intellectuel, avec mes rêves qui débordaient d'un peu partout et mes histoires de Spoutnik, de Gagarine et des autres. Par ailleurs, j'avais beau participer aux tâches les plus ingrates, soulever des tonnes de gravats, pelleter de la terre, transbahuter des parpaings, mon corps restait tout sec. Quand mes collègues avaient les muscles qui étiraient le coton de leurs tee-shirts, les miens restaient à l'état de projet. On se demandait ce que je faisais là, on se demandait si je n'étais pas là pour espionner un peu ou si je n'étais pas à la solde des patrons. Mais comme à l'école, comme au bistrot, on a fini par m'adopter. On travaillait par équipes et le soir, on dormait dans des baraquements construits pour l'occasion. Ce n'était pas si inconfortable. Et ça évitait des heures de transport. On rationalisait le temps et les gars ont commencé à apprécier mes petites histoires à la veillée.

Ce n'était pas encore la vie dont j'avais rêvé. J'étais loin des bureaux, loin des ingénieurs, mais j'étais au plus près des bâtiments. Je commençais à en être, quoi.

Quelques semaines plus tard, j'ai pris la résolution de trouver un vrai logement sur place, ce qui n'a pas été bien difficile. Un premier déménagement. Avec ma mère, nous avions chargé le coffre de sa voiture avec mes vêtements, quelques livres et un transistor. Je suis parti en avance à mobylette. Il était convenu que ma mère viendrait me chercher à la sortie du chantier et que nous monterions les cartons dans mon appartement. La Giulietta a une nouvelle fois fait son petit effet. Et lorsque ma mère en est descendue, je crois bien que mes collègues ont été impressionnés. Moi aussi. C'est comme si je la redécouvrais. Elle ressemblait à une star de cinéma avec ses chaussures à talons et son foulard dans les cheveux et ses grandes lunettes de soleil. Elle a souri et a dit « Bonjour messieurs », comme ça tout simplement. Je lui ai fait la bise et nous avons filé à quelques centaines de mètres de là.

J'ai été fier, lorsqu'elle est entrée chez moi. L'appartement était minuscule, mais il y avait une vraie cuisine avec l'eau courante et une gazinière. Il y avait une vraie salle de bains. Il y avait du vrai chauffage dans toutes les pièces. Et il y avait même un endroit où je pouvais mettre un lave-linge.

« Un lave-linge », a murmuré ma mère avec admiration.

La dame de l'Institut français d'opinion publique a sonné à ce moment-là. Ma mère lui a dit que nous étions trop occupés, mais qu'elle serait heureuse, voire très heureuse, si elle avait elle aussi un lave-linge et une vraie salle de bains. La dame a griffonné dans son carnet d'un air satisfait.

RÉCLAME

Je n'ai pas de secret.
Pour préserver la fraîcheur de mon teint,
j'emploie tout simplement,
matin et soir, le savon de beauté Lux
Sa mousse douce, pure et parfumée me donne
toujours la même sensation de bien-être.

Un coup de barre ? Mars, et ça repart.

Noël, jour de l'an, anniversaire, fête des Mères,
mariage, c'est toujours le moment de faire plaisir,
de se faire le plaisir d'offrir.
Quel que soit votre budget, vous trouverez
dans la gamme des Super-Cocottes SEB et des
cafetières pression Moka SEB le cadeau qui sera
le plus chaleureux messager de votre amitié,
celui qui montrera à vos amis combien vous êtes
soucieux de leur bien-être, de leur confort.

Mince ! Elle boit CONTREX.
Rester mince, redevenir mince, cela revient à
éliminer autant ou plus que ce que l'on absorbe.

Si vous buvez de l'eau minérale de Contrexéville,
vous stimulez les fonctions d'élimination
confiées à votre foie et à vos reins.
C'est un bon départ pour lutter contre
le poids et contre la cellulite.
Contrex, contrepoids.

TOUT
(un moment studieux, les sciences nat' ou la
philo, la guitare, les clairs de lune, nous deux, les
pommes chips et les olives noires, Astérix et les
Gauloises bleues... et tout ce que vous aimez)
VA MIEUX AVEC COCA-COLA

21

Je commençais à me faire à ma nouvelle vie. Je souffrais moins. Mon corps s'habituait aux efforts répétés et je faisais ma part du travail.

Avec les gars du boulot, nous nous retrouvions à la fin de la journée dans un café qui ressemblait un peu à celui de Jean-Georges, en plus neuf. Et je n'y avais pas de souvenirs trop encombrants. Nous y parlions de tout et de rien. Nous jouions parfois aux cartes, parfois au flipper, nous buvions un petit canon, nous écoutions de la musique. Et, s'il nous restait des forces, nous sortions à Orléans. C'est que ça dansait pas mal, à l'époque. Ça s'enjaillait. Les jupes étaient de plus en plus courtes, les cheveux des filles se laquaient et ceux des garçons se gominaient. On se faisait beau et on quittait La Source pour aller dans le centre. On avait nos adresses et on sortait nos gros bras, enfin, surtout eux. Ça me faisait bizarre, ce monde-là. J'avais côtoyé pas mal de gens différents au village, mais pas des comme ça. Eux, ils parlaient fort, ils riaient fort et pas tous dans la même langue. Ça ne plaisait pas à tout le monde. Il y avait deux trois salles qu'on évitait parce que ça se retournait un peu trop sur nous et que ça nous mettait mal à l'aise. Il y en a que ça énervait et qui voulaient en découdre, ce qui gâchait forcément la soirée.

C'est au cours de l'une de ces virées que j'ai rencontré Françoise. Je dois bien avouer qu'elle ne m'a pas laissé insensible. Les copains m'ont donné du coude parce qu'elle me regardait. Ils m'ont dit de l'inviter à danser. C'est ce que j'ai fait. Je n'étais toujours pas habile, mais je ne voulais pas me dégonfler. Je lui ai offert un verre et une cigarette. Elle a accepté les deux et m'a offert une bise en retour. Ça m'a fait bizarre de sentir son parfum. Sur le moment, je me suis dit : « J'espère que Roxane ne va pas débarquer maintenant, ça serait pas de chance. » Et puis j'ai réalisé qu'il n'y avait aucune raison qu'elle arrive et que j'avais bien le droit de prendre du bon temps.

Françoise était infirmière et adorait aller danser avec ses amies. Elle était folle de Johnny Hallyday, quand je lui ai parlé des Animals, elle m'a répondu que ce n'était pas la question. « Johnny, c'est Johnny, il est à nous. »

Malgré ce mauvais départ, nous nous sommes bien entendu et nous nous sommes revus la semaine suivante et celle d'après. Nous nous aimions bien. Elle me racontait l'hôpital, je lui racontais le chantier. Je lui parlais de mes rêves d'Aérotrain, je lui expliquais que La Source, c'était seulement une étape, pour apprendre le métier. Je lui disais que ce n'était pas si facile, qu'il y avait des techniques, des trucs à connaître, du savoir-faire. Elle me regardait et m'embrassait. Le dimanche, nous allions explorer le nouveau parc ou nous nous promenions au bord de la Loire. Quand il n'y avait personne, nous nous embrassions. Elle habitait toujours chez ses parents, mais il lui arrivait de passer quelques heures chez moi.

Quand Françoise est entrée dans le salon pour la première fois, la danseuse de la boule à neige l'a regardée avec mépris et s'est assise en tailleur au milieu des flocons. J'ai eu beau lui expliquer que ça ne voulait pas dire que j'avais oublié Roxane, elle s'obstinait à rester immobile en tournant la tête.

Françoise m'a demandé pourquoi je traînais avec ces brutes. J'ai été assez désarçonné par cette question. Les brutes ? Quelles brutes ? Les camarades du chantier ? Elle m'a expliqué que ça se voyait que je n'étais pas comme eux, que j'étais le seul à ne pas exhiber mes muscles. Je ne savais pas quoi répondre, d'autant que j'étais persuadé de les avoir exhibés, mes muscles. Je trouvais la remarque un peu dure. Pour donner le change, je lui ai dit que les gros muscles, ça ne m'intéressait pas. Je préférais les muscles rares, comme le long palmaire, « un muscle que tout le monde n'a pas ». J'ai pris un air mystérieux et j'ai tenté de ressortir ce que j'avais lu dans un journal quelques jours plus tôt à propos de ce muscle de l'avant-bras qui n'a visiblement pas d'autre intérêt que de susciter un étonnement.

« Certaines personnes n'ont pas de long palmaire, vois-tu, Françoise... Et certains en ont un dans un bras mais pas dans l'autre. »

J'ai enchaîné en lui disant que mes amis n'étaient pas des brutes. Ils n'avaient pas toujours de bonnes manières, mais c'était de chouettes gars, de bons travailleurs et des camarades sensationnels. Comme pour chasser mes arguments, elle m'a parlé de mon regard triste qu'elle trouvait « trop chou ».

Que pouvais-je lui répondre ? Que je ne m'étais toujours pas remis du départ de Roxane, mais que je l'aimais bien quand même ?

J'ai trouvé plus opportun de l'embrasser.

Elle a évoqué une fois l'idée du mariage. J'imagine que ma réaction n'a pas été des plus enthousiastes. Elle a été déçue. Très déçue. Extrêmement déçue. Il n'est pas impossible que j'aie été un peu maladroit. Elle m'a quitté et ne m'a plus adressé la parole. Je l'ai recroisée à plusieurs reprises – Orléans n'était pas une si grande ville. À chaque fois, elle détournait le regard ou faisait mine de ne pas me reconnaître.

Dans le fond, cela m'était un peu égal et représentait même une certaine forme de soulagement. Je reprenais ma vie d'avant sans avoir à me mentir. Je regardais la photo de Roxane que j'avais récupérée chez ses grands-parents. Et je me disais que ce n'était pas tout à fait la vie que je rêvais d'avoir mais que j'avais de bons moments.

Mon frère revenait parfois et nous essayions de nous retrouver tous les trois « à la maison ». Là aussi, il y avait eu du changement. La cuisine commençait à s'équiper. Il y avait un aspirateur que ma mère passait après chaque repas, comme on se sert d'un jouet. Mon frère nous racontait sa vie parisienne. Ce n'était pas très facile de se faire une place, mais il avait photographié Sylvie Vartan et Jacques Dutronc. Et il avait d'autres rendez-vous avec des vedettes. Ma mère et moi, on le bombardait de mille questions qui pourraient se résumer à une seule : « Est-ce qu'ils sont sympas en vrai ? » Mon frère faisait une moue dubitative et expliquait qu'ils étaient surtout très pros.

On sentait que tout cela ne le faisait pas tant rêver.

J'avais remarqué que, depuis son retour d'Algérie, il n'y avait plus grand-chose qui le faisait vraiment rêver. Il avait toujours sa bonne tête, mais quelque chose dans son regard s'était éteint.

Un soir, il nous a confié qu'il ne resterait pas photographe de stars toute sa vie. Il n'avait pas la niaque pour ça. D'autres étaient prêts à marcher sur tout le monde pour y parvenir. « Mon vieux, tu verrais les gens de ce milieu... Y en a qui vendraient père et mère pour faire la bonne photo. On m'a même proposé de faire des clichés des vedettes sans le leur dire. Quand elles sortent du restaurant ou quand elles se maquillent, des trucs comme ça, de la vie privée. C'est dégueulasse, c'est pas de la photo, ça. C'est du vol. »

Ma mère acquiesçait gravement. Elle disait qu'il y avait une éthique de la photographie. On peut tout photographier, mais la vie privée, ça se respecte. Souvent, elle parlait technique avec lui. Si je n'y comprenais rien, j'aimais bien voir leur complicité. « Focale, mise au point, exposition, objectif », je trouvais que ça sonnait bien. C'était des mots que ma mère avait toujours utilisés et que je n'avais jamais cherché à comprendre. D'une certaine manière, ils me berçaient.

Le dimanche soir, mon frère reprenait son train pour Paris et j'enfourchais ma mobylette pour La Source. Plus d'une heure sur les petites routes, le passage de la Loire et la traversée d'Orléans où je m'arrêtais parfois boire un petit canon pour me réchauffer.

Et la semaine recommençait. Et brouette et ciment. Et un peu de maçonnerie. Et un peu de tout. Et un sandwich à midi, accompagné d'un quart de rouge. Et un transistor qui envoie sa musique de plus en plus fort. Et les collègues qui plaisantent. Et les nouveaux qui arrivent et à qui on doit expliquer ce qu'ils ont à faire. Et brouette et ciment. Et le chef de chantier qui gueule qu'on n'est pas là pour écouter de la musique. Et les muscles qui tirent. Et les mains qui deviennent calleuses. Et la poussière plein le visage. Et on continue et on remet ça. Des immeubles plus grands, plus hauts, plus nombreux. Il y a toujours quelque chose à construire. Un bâtiment, une piscine, un stade, des bureaux, un centre de recherche. Vous désirez, ils dessinent, nous bâtissons, ils profitent. Et en avant, on retrousse nos manches et on pousse les brouettes et on met du ciment ici et un peu là si nécessaire. Et on bétonne et on bétonne et on bétonne et on bétonne. À perte de vue, du béton. Et du ciment plein les poumons.

Ça se marrait mais ça toussait pas mal.

Moi, je travaillais dur, j'observais, je ne prenais pas de notes, mais j'étais attentif. Ce n'était pas comme au collège ou au lycée : sur les chantiers, je n'ai jamais eu de soucis de concentration. Dans ce genre d'endroits, on te dit de faire ça et tu dois bien faire ça, parce que personne ne le fera à ta place.

Le samedi, je retrouvais les copains. On partait qui sur sa moto, qui sur sa mobylette, qui dans sa voiture et on se retrouvait dans les cafés du centre-ville. On s'affairait autour du juke-box à choisir ce qu'on allait écouter. Il y en avait toujours un pour mettre « Le Téléfon » de Nino Ferrer. Moi, ça me rendait dingue – et pourtant je l'aimais bien, Nino Ferrer, mais son « Téléfon », je ne pouvais pas...

La Vieille tante ne manquait pas de venir passer une soirée dans mon appartement lorsqu'elle séjournait chez ma mère. Elle apportait sa provision de vinyles. Fallait la voir faire ses vocalises sur « Happy Together » ou sur « Penny Lane ». On devait pas avoir l'air malin à pleurer ensemble en écoutant Procol Harum – c'était l'année de « A Whiter Shade of Pale ». Elle pensait à sa Rachel, je pensais à ma Roxane, on se prenait dans les bras et on était généreux dans les sanglots.

La dame de l'Institut français d'opinion publique nous a surpris une fois et en a conclu que la France était bien malheureuse et elle a ajouté ses larmes aux nôtres et elle a ajouté les larmes de tous ses gentils sondés qui répondaient à ses questions depuis des années. Et les larmes ont grossi et on a pataugé dedans et on a fini par inonder le salon et heureusement c'était du carrelage, mais tout de même, ça a abîmé les pieds de la vieille armoire en bois. On a épongé comme on a pu. On reniflait en passant des serpillères et en remplissant des bassines de larmes qu'on allait vider au pied du saule pleureur qui venait de pousser devant l'immeuble, en se disant que ça nous avait fait du bien.

Avant de partir, la Vieille tante me disait toujours que je la retrouverais, ma Roxane. Elle me l'assurait en me regardant bien droit dans les yeux. C'est pour ça que j'y ai toujours cru. C'est pour ça que j'ai toujours su que, un jour ou l'autre, je la reverrais. Ça serait peut-être pas demain ni après-demain. Mais un jour. Et ce jour-là, je serais prêt.

En attendant, hors de question de me laisser abattre et de renoncer à mes rêves d'Aérotrain. Il faut dire qu'il semblait ne plus vouloir me quitter. Un soir que j'étais au cinéma, je l'ai vu pour la première fois en mouvement sans que je m'y attende. J'étais confortablement installé dans mon siège quand le *Journal des Actualités françaises* a commencé. C'était le 23 février 1966. Au programme ce soir-là : un match au sommet entre les Girondins de Bordeaux et le FC Nantes où « tous les buts marqués étaient de véritables petits chefs-d'œuvre ». Moi, j'ai immédiatement pensé à Roxane. Bordeaux, il fallait que ça tombe sur un match de Bordeaux... Le coup de grâce a été porté par le présentateur lorsqu'il a ajouté que « bien sûr les Bordelais ont été très virils, c'est dans leur manière », et je me suis représenté le metteur en scène de Roxane. Il y a eu ensuite une séquence pour promouvoir un étalement des vacances qui permettrait à l'hôtellerie de nouveaux investissements, puis un hommage au cinquantième anniversaire du début de la bataille de Verdun et un extrait d'une conférence de presse du général de Gaulle à l'occasion de son nouveau septennat qui a provoqué quelques timides huées dans la salle. J'y accordais une attention distraite, tâchant surtout de me reconcentrer et de chasser Roxane et la virilité bordelaise de mon esprit. Et soudain. Sur l'écran, écrit en lettres blanches :

« DEMAIN... »

Apparaît l'hélice d'un appareil. La caméra se déplace vers la gauche et dévoile la carlingue de l'engin. Une musique guillerette pour accompagner. Et un commentateur manifestement heureux et enthousiaste :

« Paris-Lyon en une heure dix minutes, voilà ce que nous promet l'ingénieur Bertin grâce à son Aérotrain dont le prototype à l'échelle un sur deux vient de faire des essais très remarqués. Pas de roue, à califourchon sur un rail de béton, il glisse sur un coussin d'air. Propulsion par moteur à hélice mais un réacteur pourrait permettre au fuselage d'emporter facilement une centaine de voyageurs à 400 kilomètres-heure. Ni train ni avion mais les deux à la fois, c'est peut-être la formule de l'avenir.

On y était.

Dès lors, je redoublai d'efforts, je m'usai les mains, je me cassai les épaules avec un seul objectif. Me faire embaucher par Jean Bertin.

Histoire de Jean Bertin

C'est au 6 de la rue du Capitaine-Coignet, à Druyes-les-Belles Fontaines, que Jean Bertin vit le jour, le 5 septembre 1917. Il garda de cette adresse un accent bourguignon et des « r » qu'il faisait savamment rouler sur son palais. Passons rapidement sur ses jeunes années – où il se passionne pour les États-Unis d'Amérique, Lindbergh et les pionniers de l'aviation – et sa scolarité exemplaire. Ce n'est pas par hasard – et le conseiller d'orientation a suffisamment insisté là-dessus – que l'on parvient à poser son séant sur les bancs de l'École polytechnique et ce n'est pas par hasard non plus que l'on s'inscrit à l'École nationale supérieure de l'aéronautique. Pour parachever le tableau, l'étudiant Bertin décrochera une licence de droit, cela peut toujours servir, et un diplôme dont il était très fier : un CAP d'ajusteur.

C'est à la SNECMA (Société nationale d'étude et de construction de moteurs d'aviation) que le jeune et ambitieux ingénieur fit ses armes. Il obtiendra rapidement le poste de directeur technique adjoint, chargé des études spéciales sur les moteurs et la propulsion. À l'affût des innovations et des progrès dans le monde aéronautique, il traverse la Manche et l'Atlantique, visite des usines, observe, se renseigne, prend des notes. Nous sommes au lendemain de la Seconde Guerre mondiale, la reconstruction d'une aviation française mobilise l'énergie de dizaines d'ingénieurs passionnés. C'est avec eux qu'il travaille et révolutionne les études sur les réacteurs et l'inverseur de poussée.

Jean Bertin souligne dans ses mémoires que c'est au cours de ces années que, dans l'aviation, le moteur à piston et hélices cède progressivement sa place au moteur à réaction, ce qui va bouleverser l'aéronautique.

En 1955, alors que Gino, neuf ans, vit sa dernière année parisienne, Jean Bertin décide de quitter la SNECMA pour créer un an plus tard la Société Bertin & Cie qu'il installe rue des Pâtures, dans le 16e arrondissement de Paris.

« Une entreprise a pour but de fournir aux consommateurs ou à ses clients des produits et des services que ceux-ci apprécient. Mais ce n'est pas tout, car il faut en plus qu'elle dégage un profit. Bien sûr, il faut d'abord assurer une juste rémunération du personnel et des actionnaires », écrira-t-il bien plus tard. Et pour cela, il faut prendre des risques, innover et bien s'entourer. Ce qu'il fait avec un certain Benjamin Salmon en principal collaborateur, accompagné d'ingénieurs, de dessinateurs, de designers, de calculateurs et d'ouvriers spécialisés.

Le succès n'est pas immédiat mais la matière grise est en ébullition. Les idées fusent, on ne garde que les meilleures et on les développe. Enfin, une première commande vient des États-Unis pour la réalisation de silencieux pour moteurs à réaction. D'autres contrats suivent pour plus de deux cents clients. L'entreprise a un nom et une réputation, elle grandit, elle grossit jusqu'à compter six cents employés. Ce n'est pas rien.

Jean Bertin et ses collaborateurs inventent un vortex pour dépolluer les océans et une tour pour lutter contre la pollution atmosphérique dans les milieux urbains. Ils créent également un prototype de voiture électrique. Il était, là encore, un précurseur. Le principal défaut de Jean Bertin aura toujours été d'être trop en avance sur son époque.

Et l'Aérotrain ? me direz-vous. C'est justement en travaillant sur les silencieux utilisables en vol sur les moteurs des avions à réaction qu'un certain Louis Duthion, en 1957, redécouvre ce que l'on appelle « l'effet de sol », phénomène aérodynamique plus connu sous le nom de coussin d'air.

L'entreprise n'est pas la seule à être sur le coup, la presse s'en fait d'ailleurs l'écho. Du côté de l'Angleterre, on évoque un nouveau type de véhicule appelé *hovercraft* qui procède de la même technologie. Il faut donc faire vite, déposer des brevets et trouver des financements, ce qui est loin d'être aisé. Les ingénieurs de l'équipe de Jean Bertin sont sur le coup. Jour après jour, ils se réunissent. Ils ont conscience qu'ils sont sur le point de mettre en place quelque chose d'extraordinaire. Leur patron les galvanise, les encourage. Il passe d'un bureau à l'autre, il leur communique son énergie, leur enjoint de ne rien lâcher. On s'approche, on affine le projet, on trouve des solutions, on invente, on innove. En 1961 est construit un Terraplane, sorte de cousin de l'*hovercraft*, dont la technologie contribue fortement aux succès des futurs aéroglisseurs marins.

Mais c'est par le dépôt d'un brevet le 17 janvier 1962 que naît officiellement l'Aérotrain, type d'aéroglisseur guidé sur un rail, avec trois objectifs : révolutionner les liaisons interurbaines, les liaisons suburbaines et les transports urbains.

Tout cela est bien joli mais reste assez théorique. Il faut débuter des essais. En 1963 est construit un modèle d'expérimentation. L'équipe compte à ce moment-là plus deux cents collaborateurs et déménage à La Garenne-Colombes. Il faut de la place, toujours plus de place. Et les enjeux sont colossaux. L'aviation commerciale est devenue un concurrent sérieux pour le train et l'on envisage de relier avec l'Aérotrain Paris à Lyon, au Havre, à Rouen avec un avantage majeur sur les avions : le nouveau véhicule arrivera directement au cœur de la ville.

Encore trop à l'étroit, la société s'installe dans les Yvelines, plus précisément à Plaisir. C'est le début d'une aventure incroyable, une aventure qui va révolutionner l'histoire des transports. Une nouvelle maquette est réalisée, à l'échelle un demi. On y va avec les moyens du bord, la gomme et le crayon. On récupère le moteur d'un avion de tourisme, des sièges de Citroën DS, des poignées de porte de 2CV, on assemble tout ça au millimètre près et on va débuter les essais à Gometz-la-Ville, au sud-ouest de Paris. Les autorisations sont signées, l'Aménagement du territoire, le ministre des Travaux publics, le Premier ministre... Tout le monde est d'accord. Chez Bertin, on peut déboucher le mousseux, le temps est à l'optimisme. On recrute Léon Kaplan, un ancien de chez Shell, pour prendre la présidence de la Société de l'Aérotrain. Le 29 décembre 1965, le premier essai officiel est réalisé. Branle-bas de combat. Des années de travail, d'efforts, de sueur et de larmes. 5, 4, 3, 2, 1... Rien ne se passe. On se gratte le crâne, on se masse le menton, on retrousse ses manches, on ne panique pas. Nous avons affaire à des spécialistes, à des inventeurs, à des scientifiques. Ils ont l'habitude que tout ne fonctionne pas du premier coup. Tout de même, l'heure est grave. Le public ne sait que penser du spectacle auquel il assiste. Jean Bertin l'écrira dans ses mémoires : « J'ai rarement vu une société industrielle et technique aussi peu stable que l'est la société française. On passe de l'enthousiasme le plus délirant au doute profond ou même au découragement en quelques instants. » Le doute ne dure pas : le jour même, une seconde tentative a lieu et c'est un succès. Les essais continuent, c'est ça l'innovation. Les essais continuent et les essais continuent. On allonge la voie, les essais continuent. On augmente la vitesse, on note, on mesure, on analyse. Les essais continuent. On fait venir des investisseurs, des journalistes, des commentateurs, les essais continuent. Sur ses chantiers, Gino ne voit pas tout ça mais il en entend parler. Et les essais continuent. On dépasse les 400 kilomètres-heure, un record ! Tout le monde est convaincu, ça marche la propulsion, par réacteurs ! Ce n'est pas un train, c'est une fusée qui file à l'horizontale. Les photographes parviennent à peine à immortaliser l'instant. On en parle dans le monde entier. En Allemagne, on évoque « l'utopie qui est devenue une réalité », *Paris Match* parle même du « Tapis volant de l'an 2000 ».

Il faut des essais à plus grande échelle, à échelle réelle. Il faut une vraie voie – les sept kilomètres de Gometz ne suffisent plus –, idéalement à moins de deux heures de Paris. Mais où ? On évoque la possibilité de créer une ligne en urgence pour relier Lyon à Grenoble où vont avoir lieu les Jeux olympiques d'hiver. Ça ne se fera pas.

Il existe, au sud de Paris, une ville avec l'un des plus forts trafics sur la distance recherchée. Environ un million de voyageurs par an en constante augmentation. Une ville dont les environs topographiques sont tout à fait favorables à ce type de projet : terrain plat et peu de courbes.

Un comité interministériel se réunit et l'information est confirmée par le journal *Le Monde* du 8 février 1967 : « Un modèle en vraie grandeur (quatre-vingt-quatre places assises) va être construit : il fonctionnera, comme nous l'avons déjà annoncé, sur un tronçon de 20 kilomètres entre Orléans et Paris. Ce tronçon sera éventuellement incorporé plus tard dans une ligne régulière reliant les deux villes. »

En décembre de cette même année, Jean Chamant, ministre des Transports, signe un marché pour permettre la construction de la voie. On parle cette fois d'un véhicule pouvant transporter 80 passagers et 17 600 kilos de fret qui se déplacerait à la vitesse maximum de 300 kilomètres-heure avec une vitesse de croisière de 250 kilomètres-heure. Il s'agit d'un marché de 38 millions de francs.

L'histoire est en marche.

Ils sont des milliers à suivre cette aventure à travers la presse. Tous les journaux en parlent, guettent ce drôle d'engin venu d'ailleurs auquel on n'est pas sûr de tout comprendre.

22

Paris-Orléans. Paris-Orléans... Paris-Orléans ! Paris-Orléans !!! Je ne rêvais pas. Paris-Orléans. Paris-Orléans... Paris-Orléans ! Paris-Orléans !!! Je fermais les yeux... Paris-Orléans. Paris-Orléans... Paris-Orléans ! Paris-Orléans !!! Je les rouvrais. Paris-Orléans. Paris-Orléans... Paris-Orléans ! Paris-Orléans !!! Paris-Orléans. Paris-Orléans... Paris-Orléans ! Paris-Orléans !!! Ce n'était pas un rêve. L'Aérotrain Paris-Orléans. Paris-Orléans... Paris-Orléans ! Paris-Orléans !!! Ce n'était plus un rêve. Paris-Orléans. Paris-Orléans... Paris-Orléans ! Paris-Orléans !!! C'était la réalité ! Paris-Orléans. Paris-Orléans... Paris-Orléans ! Paris-Orléans !!! Paris-Orléans. Paris-Orléans... Paris-Orléans ! Paris-Orléans !!! Paris-Orléans. Paris-Orléans... Paris-Orléans ! Paris-Orléans !!! Paris-Orléans. Paris-Orléans... Paris-Orléans ! Paris-Orléans !!! Orléans ! Orléans ! Aérotrain. Orléans ! Orléans ! Orléans ! Orléans ! Orléans ! Orléans ! Orléans ! Orléans ! Orléans ! Orléans ! Orléans ! Orléans ! Orléans ! Orléans ! Orléans ! Orléans ! Orléans !

Orléans ! Orléans ! Orléans ! Aérotrain. Orléans ! Orléans ! Orléans ! Orléans ! Orléans ! Orléans ! Aérotrain.

23

Je n'ai pas réfléchi. J'ai quitté les copains, même si les plus malins ont suivi. Ce n'est pas tous les jours qu'on a un chantier comme ça. Alors que j'étais prêt à partir n'importe où dans le pays pour bosser sur l'Aérotrain, c'était lui qui venait à moi. C'était comme si on m'annonçait que le programme Apollo venait de créer une succursale à Orléans. On était sur le point de construire un petit bout d'histoire : dix-huit kilomètres vers l'avenir.

Ce coup-ci, c'était sûr, j'allais devenir quelqu'un. C'est ce que l'on disait à l'époque : « devenir quelqu'un ». Mais je ne savais pas qui. Quelqu'un d'autre, manifestement. Un quelqu'un qui aurait la classe, une situation, quelqu'un qu'on remarquerait dans la foule, dont on dirait « C'est qui, le type, là ? Il m'a l'air épatant ! »

J'avais foiré mes études, mais il me restait un rêve.

J'ai mis mon plus beau costume, j'ai remonté mes chaussettes. Je suis même allé chez le coiffeur pour faire plus sérieux, une coupe bien nette qui ne dépassait pas des oreilles. J'ai répété devant mon miroir comme si je devais passer une audition. J'avais les foies comme jamais. C'était mon moment, mon rendez-vous avec le monde moderne et je n'aurais peut-être pas de deuxième chance. Personne ne m'attendait là-bas, mais j'avais l'avantage d'avoir une petite expérience et d'être de la région.

Je suis allé à Chevilly, sur le futur chantier où ça commençait à s'installer gentiment. J'ai rangé ma mobylette à l'écart, je me suis repeigné et j'ai passé les barrières de sécurité.

Il n'y avait pas grand monde.

Ça prenait des mesures, ça remplissait des formulaires, ça s'organisait.

À la première personne que j'ai vue, j'ai dit que j'étais prêt à tout pour en être. Le gars m'a regardé d'un air étonné, a souri et m'a indiqué une espèce de bureau en préfabriqué.

À la deuxième personne que j'ai vue, j'ai dit que j'étais prêt à tout pour en être. Pour célébrer cette révolution, pour avancer avec le siècle et propulser les hommes et les femmes à des vitesses prodigieuses.

On m'a dit assieds-toi là.

On m'a demandé si j'avais de l'expérience.

On m'a demandé ce que je savais faire.

On m'a demandé de patienter.

On m'a demandé si j'étais costaud.

On m'a demandé mon numéro de sécurité sociale.

On m'a demandé si j'avais un logement dans le secteur.

On m'a demandé si j'étais ponctuel.

On m'a demandé si je voulais un café.

On m'a demandé si j'étais plutôt Beatles ou Rolling Stones.

On m'a demandé si j'étais disponible là, tout de suite.

On m'a demandé si j'avais bien conscience de participer à quelque chose d'exceptionnel.

Et j'ai bossé. Avec toute une équipe, j'ai bossé comme un dingue. Il fallait avancer, il y avait des échéances. Que je sois plus Beatles que Rolling Stones ne changeait rien à l'affaire, il y avait des délais à respecter.

À la différence de la voie de Gometz qui était au niveau du sol, l'idée était ici de construire un rail aérien pour éviter la présence de corps étrangers sur la voie et limiter les expropriations. Il suffisait d'installer une espèce de pont ou d'aqueduc sous lequel la vie continuerait normalement : routes, agriculture, commerces, habitations, animaux.

Au programme : dix-huit kilomètres de voie avec, à chaque extrémité, une plateforme pour permettre le retournement du véhicule.

On s'y est mis avec toute notre ardeur. Pendant qu'avaient lieu les travaux de dégagement à travers les champs, nous, on bossait dans un entrepôt construit exprès pour l'occasion. Un endroit bourré d'ingénieurs des Ponts et Chaussées que je regardais réfléchir avec admiration. Notre mission : produire des poutres de 11,5 tonnes, le poids de deux éléphants d'Afrique et de presque trois éléphants d'Asie. Et pour construire ces poutres, on a monté des grues spécifiques. Ça ne plaisantait pas, tout était calé au millimètre. C'était la première fois que je travaillais avec autant de tension, autant de contrôle. Le traitement thermique, c'était toute une affaire pour permettre le décoffrage. Je dois admettre que je ne comprenais pas tout. Moi, j'étais la petite main, l'ouvrier. Je faisais ce qu'on me demandait et ça fonctionnait bien. On coulait le béton et on le laissait sécher pendant douze heures avant de le décoffrer. On parvenait à produire quatre à cinq poutres par jour. Un tronçon de vingt mètres puis un autre et encore un autre. En moyenne : deux kilomètres par mois.

La voie avançait jour après jour. Chaque soir, avant de partir, on mesurait l'avancée des travaux. On traversait la campagne, on traversait la forêt, ça me faisait penser à la conquête de l'Ouest. Rien ne pourrait nous arrêter. J'avais envie d'aller chercher ma mère, Roxane, Jacques, les copains de chez Jean-Georges, et puis les profs qui n'avaient pas cru en moi, pour leur montrer : « Eh, regardez ce que j'ai fait ! Impressionnant, non ? Et c'est pas fini, vous allez voir quand l'Aérotrain va circuler, ça va être dingue ! »

On a tracé une ligne de béton soutenue par plus de neuf cents piles préfabriquées à travers la Beauce. Je peux vous dire que je trouvais ça beau. Du ciel, ça devait ressembler à une fermeture éclair sur laquelle s'affairaient des grues, des engins de levage, des camions, des ouvriers et tout un tas de curieux et de visiteurs en tout genre. Après l'épisode du métro suspendu, ça allait faire un nouveau manège original dans la région.

À ce moment-là, je n'avais toujours pas vu Jean Bertin. Je l'attendais comme le messie. D'autres ingénieurs et techniciens faisaient le déplacement pour évaluer l'avancée des travaux. Je me souviens évidemment de Daniel Ermisse. Un gars sympa comme tout qui ne payait pas de mine, alors que pour nous, c'était une sorte de vedette : rien de moins que le pilote de l'Aérotrain... C'est simple, il avait piloté toutes les machines. Ils n'avaient pas été nombreux à avoir eu ce privilège. Quand je l'ai vu, la première chose que j'ai regardée, c'était ses mains. Un truc inconscient, un peu bête, je ne sais pas à quoi je m'attendais. Des mains spéciales pour l'Aérotrain ? Il venait voir comment ça se passait et devait, j'imagine, rendre compte de l'avancée à Jean Bertin. Tout le monde l'aimait bien, Daniel Ermisse. Et puis il était le symbole que tout était possible. Il n'avait pas fait Polytechnique ou les Ponts et Chaussées : il avait une formation d'électricien et il était allé à Paris pour réparer des téléviseurs. C'est par hasard qu'il avait pris les commandes de l'Aérotrain à Gometz : son oncle qui travaillait sur la voie d'essai l'avait fait venir parce qu'on avait besoin d'un électricien. Daniel Ermisse, c'était le plus jeune de l'équipe à ce moment-là, et Maurice Lefrant, le premier pilote, l'a pris sous son aile, le faisant notamment bosser sur le tableau de bord. Lefrant lui a montré comment faire fonctionner la machine, avant de se blesser bêtement en tombant d'un pommier. Impossible pour lui de piloter l'Aérotrain avec une jambe abîmée. Il s'est tourné vers Ermisse qui n'avait plus le choix, il devait prendre les commandes.

Journal de 20 heures

21 décembre 1968

« Paysage inattendu dans la région d'Orléans : c'est la voie expérimentale de l'Aérotrain. Le chantier produit chaque jour quatre-vingts mètres de poutres de béton en T renversé. Longue de quatre kilomètres aujourd'hui, la future voie Paris-Orléans fera 10 kilomètres au printemps prochain. Cet élément de 20 mètres de long pèse 44 tonnes.

C'est à Gometz, près de Paris, que depuis quelques années les ingénieurs de la société de l'Aérotrain travaillent à mettre au point un engin commercial sur coussins d'air.

Essai concluant pour ce prototype d'Aérotrain à réacteurs. Les ingénieurs étaient très satisfaits. »

24

Décembre 1968 : Apollo 8, premier engin à se mettre en orbite autour de la Lune.

Mars 1969, premier vol d'essai du Concorde à une vitesse de 2 200 kilomètres-heure. Et le 21 juillet de cette année-là, le 21 juillet 1969, j'étais devant la télévision qui a été spécialement installée au bistrot, avec tous les habitués, et ce 21 juillet, en plein milieu de la nuit, tous les yeux du village braqués sur le petit poste en noir et blanc, un poste au son nasillard et grésillant qui, ce 21 juillet 1969, allait nous transmettre les images les plus incroyables qu'il nous ait été donné de voir, les images du premier pas de l'homme sur la Lune. Le 21 juillet, c'était le cœur de la nuit dans mon village, c'était la pleine nuit et nous avons retenu notre souffle.

Il y avait des gamins qui dormaient sur des chaises, il y avait des hommes ivres d'avoir trop attendu un verre à la main, d'avoir passé leur fin de dimanche à boire en attendant que des Américains posent le pied sur ce caillou qui brillait au-dessus de nous. Il y avait René qui nous disait que c'était historique, il répétait ça : « C'est historique, les enfants ! » Il ne nous avait jamais appelés « les enfants » auparavant. Il y avait le curé qui disait : « Nom de Dieu, ils vont le faire ! Vous allez voir qu'ils vont le faire ! » Il y avait la dame de l'Institut national d'opinion publique qui nous demandait d'évaluer notre bonheur et on lui répondait qu'on ne savait pas encore, qu'on attendait pour bien l'évaluer. Et il y avait Jacques qui ne comprenait pas bien, qui disait que le film était trop long et que c'était pas possible, oh non c'était pas possible d'aller sur la lune, qu'on pouvait pas y poser une fusée, que c'était trop petit et trop rond et que même les Américains ne pourraient pas y arriver. Il parlait fort et on lui demandait de se taire sinon on allait être obligés de dire à la dame de l'Institut qu'on n'était plus heureux.

Il était 3 h 54 du matin ce 21 juillet quand on a réveillé les enfants et qu'on a secoué les soûlards. Neil Armstrong allait poser son pied sur le sol lunaire. Il était 3 h 55, l'image était dégueulasse mais on s'en foutait, le son grésillait mais ce n'était pas grave. Il était 3 h 56 et ça y était, nous étions tous bien réveillés, nous avions tous dessoûlé, le monde ne serait plus jamais comme avant : « *One small step for man, one giant leap for mankind.* »

Chez Jean-Georges, le silence était total, il aurait fallu s'y mettre à plusieurs pour parvenir à le briser. Mais on n'en avait pas envie, on en a tous emporté un bout avec nous en sortant dans la nuit. Pas une parole échangée, juste des regards brillants, des yeux encore surpris de ce qu'ils venaient d'observer.

J'ai regardé le ciel. J'ai fait un signe de la main à Neil Armstrong au cas où. Je lui ai dit de bien profiter de la vue parce qu'ils seraient pas nombreux, ceux qui iraient là-haut. Moi, par exemple, peu de chances pour que je fasse le trajet. La Vieille tante, elle était bien gentille mais pareil, je ne la voyais pas marcher sur la Lune. De mes anciens camarades de classe, combien auraient une chance d'y aller un jour ? Aucun. C'est pas que c'était un mauvais lycée, c'est plutôt qu'on n'avait pas les mêmes chances que ceux qui étaient bien nés.

Mais cette nuit-là, ce 21 juillet 1969, quand Neil est remonté dans le module lunaire, j'ai pensé à Michael Collins, le troisième homme de la mission, le seul qui n'avait pas foulé la poussière lunaire ; parce qu'il fallait bien que quelqu'un reste en orbite pour récupérer les deux autres. Et j'ai pris conscience que la Vieille tante avait raison : il n'y avait pas de place pour tous sur la Lune. Mais pour parvenir à faire décoller la fusée et pour pouvoir la ramener, il en fallait, du monde.

25

Je revenais souvent chez ma mère. Et je m'arrêtais chez Jean-Georges, je regardais le village comme si j'en étais parti un siècle auparavant. Surpris à chaque fois de voir à quel point il ne changeait pas. Les gens ne bougeaient pas. Ils n'étaient pas partis au lendemain de la guerre, ils n'allaient pas le faire après. Pour tout le monde, j'étais resté le « p'tit Gino ».

Mon frère était venu nous annoncer qu'il avait arrêté de photographier les vedettes. Il n'avait jamais réussi à s'acclimater à ce milieu de « m'as-tu vu ». Il disait que rien n'était vrai dans le showbiz. Tout était fabriqué, même les sourires. Surtout les sourires. Comme s'ils avaient des placards remplis de sourires qu'ils collaient sur le visage d'ados dépressifs pour peu qu'ils soient assez photogéniques.

Ma mère lui avait fait remarquer : « On dirait ton frère, quand tu parles comme ça. »

Ça m'avait interloqué, c'était la première fois que j'étais une référence.

Ce qu'il voulait dire, mon frère, c'est que ça buvait, que ça faisait la fête, mais que ça ne souriait pas tant que ça. Fallait les voir défiler sous les flashs à longueur de journée. Sans parler de la drogue. « J'en ai vu des vertes et des pas mûres, des pas piquées des hannetons et en veux-tu en voilà, à se taper la tête contre les murs. » Mais pour sourire, il n'y avait plus grand-monde. Juste le temps d'une photo. Parfois ils oubliaient, ils ne savaient plus faire. Et les photographes n'avaient pas le temps d'attendre une plombe qu'un kiné du sourire vienne faire son office. Alors on ouvrait le placard à sourires, on choisissait celui qui convenait le mieux – les fameux sourires de circonstance – et on les collait sur le visage de nos petites vedettes qui voulaient devenir grandes.

Bien entendu, ça ne marchait pas toujours. Parfois, ils n'avaient pas la bonne taille, pas le bon teint, pas la bonne nuance. Dans ces cas-là, on disait au type qui faisait la légende de la photo de parler de sourire « énigmatique ». Ça marchait toujours, le sourire énigmatique, et en général ça plaisait. Chez certains, ça faisait sourire méprisant, alors on disait qu'ils étaient en colère contre l'injustice dans le monde. Et le mépris passait pour un sain courroux. Et puis il y avait ceux qui, même en souriant, gardaient leur air triste. On ne savait pas pourquoi, mais c'était comme s'ils usaient trop vite les sourires. Mon frère avait photographié quelques chanteurs qui avaient eu leur moment et qui n'avaient pas su le retenir. Le moment avait filé sans qu'ils y prennent garde : ils dansaient en boîte de nuit entourés de plein d'amis et, en sortant, le moment n'était plus là et les amis non plus. Ceux-là, on avait beau leur mettre un sourire, ça ne fonctionnait pas, ça ne tenait pas. Le sourire dégoulinait au bas de leur visage. Mon frère prenait les photos, bien sûr, il ne pouvait pas faire autrement. Mais il faisait croire qu'il y avait eu un problème au développement. Personne ne voulait de ces clichés. Mon frère savait que la vedette était devenue une ex-vedette. Il ne les revoyait plus. On ne leur ouvrait plus la porte. C'était comme ça. Ils étaient du passé.

Je me suis demandé si Roxane avait eu recours au placard à sourires. Mon frère ne m'avait jamais reparlé d'elle, sans doute pour m'épargner.

Mon frère allait monter sa petite boutique. Il avait déjà quelques commandes pour des photos de mariage. « Les gens qui s'aiment comme au premier jour, l'idéal, c'est les photographier le premier jour. »

Ma mère trouvait que c'était une bonne idée. Et avait ajouté que nous pourrions penser à nous marier, nous aussi. Alors, nous sommes allés au bal, c'est là que se faisaient les rencontres.

La date avait changé sans que l'on sache pourquoi. Le bal qui, pendant toute mon enfance, avait marqué le début de l'été, était devenu l'événement marquant de la fin des vacances scolaires. Dans la commune, ça avait fait toute une histoire. On disait que c'était parce que le maire avait la garde de ses enfants à la fin du mois d'août, mais personne n'était jamais parvenu à le prouver.

Le groupe, lui, ne changeait pas. Toujours le même chanteur qui semblait collé à l'époque. Chaque année, des nouveaux morceaux et toujours les classiques. Mon frère me disait que c'était elles, les vraies vedettes, celles qui rendaient les gens heureux.

Bal de 1962 : un peu de musette, un zest de Trenet, une pincée de Johnny et une dose d'Elvis. Et vas-y que ça bouge les hanches sur scène. De quoi faire frémir les bourgeois. Mais des bourgeois, il n'y en avait pas par ici. Il y avait juste le notaire qui trouvait ça vulgaire et le curé qui disait que de tels mouvements ne devaient pas inspirer que des comportements chrétiens.

Bal de 1965 : « Love Me Tender » fonctionne toujours. Mais ils ont ajouté à leur répertoire un peu de Beatles et « La Bamba » de Richie Valens – le guitariste est à la peine et l'espagnol approximatif, mais le cœur y est. « Parabala labamba senecista euh poco dégrassia. »

Bal de 1967 : le chanteur a les cheveux longs et chante « Les Dalton » de Joe Dassin, « Happy Together » des Turtles en version massacrée – pas facile de gérer tous les chœurs –, et « All You Need is Love » des Beatles. Ma mère nous regarde et nous dit qu'on est bien ensemble mais qu'il faudrait qu'on aille chercher l'amour.

Bal de 1969 : alors que le festival de Woodstock a attiré les regards du monde entier, le chanteur débute le concert la chemise ouverte sur le torse en demandant de faire l'amour, pas la guerre. Il attaque « Que je t'aime » de Johnny, puis demande au public de faire les chœurs de « Sympathy for the Devil » des Stones.

Cette année n'était pas uniquement celle du premier pas sur la Lune, c'était aussi l'année de la triste affaire de Jacques. C'est comme ça qu'on disait au village : « La triste affaire de Jacques. »

26

On savait que ça n'allait plus très bien. On n'était pas sûr, il n'était jamais « allé bien ». Ni loin ni bien. Jamais quitté le département, jamais quitté l'enfance, jamais quitté son petit brin de folie. Sauf que là, on ne parlait plus de petit brin. Il était devenu lunatique. Il ne répondait plus aux bonjours ou alors du bout des lèvres ou alors avec un regard noir ou alors en baissant la tête ou alors en serrant les poings ou alors tout à la fois.

C'était une fin d'été orageuse. Le lendemain, les forains allaient repartir par les routes. Quand Jacques est arrivé ce soir-là, j'ai bien vu que ce n'était pas le Jacques que j'avais connu.

Il ne m'a pas vu, il ne voyait personne, c'est comme s'il n'était pas là. Je me suis approché de lui, mais il m'a repoussé sans paraître me reconnaître. Je n'ai pas insisté. La musique a continué. Il y avait les cris des enfants, les tirs au stand de carabine, les manèges qui hurlaient, les enfants qui s'amusaient. Et lui avait disparu sans que personne n'y prête attention.

Son retour a été moins discret. J'ai senti quelque chose de froid me parcourir le corps, une espèce de courant d'air venu d'on ne sait où. Un courant d'air qui a caressé les stands les uns après les autres, glaçant tout le monde sur son passage, sans distinction entre vacanciers et forains. Les conversations se sont arrêtées, la musique a baissé, les rires des enfants se sont taris, les barbes à papa se sont figées dans leur sucre, comme des nuages de décor d'opéra.

Il était revenu. Immobile. Avec un fusil. Le vieux fusil de chasse de son père. Personne ne bougeait. Je crois bien que, à ce moment de la nuit, personne ne comprenait ce qu'il se passait, personne n'avait la capacité d'analyser la situation. Mais il y avait une intuition générale, cette certitude qu'un drame arrivait. On n'osait pas l'approcher, on était en présence d'un animal sauvage.

« Fais pas le con, petit ! »

C'est le gars du stand de tir qui a lancé ça.

« Calme-toi, Jacques... »

C'est le policier tout essoufflé d'avoir couru qui lui a demandé ça.

Il y avait Johnny Hallyday qui gueulait dans les haut-parleurs au-dessus de nous que les portes du pénitencier allaient se refermer. Et Jacques qui avait son fusil à la main.

Le soleil n'est pas fait pour nous
C'est la nuit qu'on peut tricher

Jacques a levé son fusil. Lentement.

Toi qui ce soir as tout perdu
Demain, tu peux gagner

Il visait tout le monde et personne à la fois. Juste pour qu'on ne s'approche pas.

Dans ses yeux le policier avec son air de shérif mal dégrossi, dans ses yeux la directrice de son ancienne école, dans ses yeux un vieux gars que je n'avais jamais vu, dans ses yeux des montagnes de doutes, des tonnes de suspicion, dans ses yeux la foule, dans ses yeux sa voix bizarre qui n'allait pas avec son corps, dans ses yeux sa drôle de trogne qu'on n'appréciait pas, qu'on avait jamais vraiment pu encaisser, dans ses yeux la peur qui se lisait dans chaque regard, dans ses yeux la folie des hommes et puis celle des enfants ou des anciens enfants qui n'avaient pas compris, toujours pas compris qu'on ne grandissait pas tous pareil, dans ses yeux des miettes de normalité et des poussières d'excentricité, dans ses yeux des normes mal normées, des ordres mal ordonnés, dans ses yeux des barbes à papa orphelines, des pommes d'amour perdu, d'amour qu'est parti avec un autre, d'amour qu'a même pas vraiment existé, qu'a pas été partagé et qu'ça fait trop mal, ça pique là au-dessus du cœur, juste ici ou p't-être bien dedans, dans ses yeux il y avait tout ça et puis un pistolet ou un revolver. Dans ses yeux son père alcoolo qu'avait la main lourde sur la bouteille et sur la gueule de son fils.

L'arme du policier était chargée. Tout aussi chargée que la sienne. Sauf que la main qui la tenait ne tremblait pas. Celle-là, contrairement à la sienne, elle était bien ferme.

Et Jacques, on voyait qu'il y avait de la colère qui lui débordait de partout. J'ai essayé de lui parler, j'ai essayé les « calme-toi », les « on est là », les « tout va bien se passer ». Ça ne servait à rien. Il n'écoutait pas, il n'était pas là, il ne me reconnaissait pas. Il tenait en joue le gars qui vendait des barbes à papa et dont la machine continuait à tourner et à envoyer dans le ciel des nuages de coton. Et ça sentait le sucre et ça sentait le parfum et ça sentait la fête et ça sentait la catastrophe. Le gars avait son petit bâtonnet de bois dans la machine avec une masse rose qui s'y accumulait et qui s'envolait. Il bredouillait des excuses, il bredouillait des « on s'est pas compris ».

Personne ne savait ce qui s'était passé. Moi, j'avais bien ma petite idée. Ce gars-là, c'était un sale bonhomme, un pas sympa qui dégaine ses petites piques en disant que : « C'est bon, c'est pour plaisanter, on a le droit de rigoler quand même ! » Sauf que ses plaisanteries, elles tombaient souvent sur Jacques et que je savais que Jacques, il ne les aimait pas. Même qu'il n'achetait plus de barbe à papa, alors qu'il adorait ça.

Le gars a dû lui faire la réflexion de trop, celle qui fait déborder le vase à colère.

Jacques le tenait à présent fermement en joue. Il a commencé à respirer plus doucement. Et ce n'était pas bon signe ça, ce n'était pas bon signe du tout. Le flic s'est mis à gueuler plus fort, à lui dire à plat ventre, lâche ton arme. Il lui a dit sommation, il lui a dit dernier avertissement.

Et il a tiré.

27

Tout le village était à l'enterrement. Finalement, on l'aimait bien, Jacques. Ou c'est qu'on le préférait mort, peut-être. On se disait : « Tout de même, quelle terrible affaire. » Certains ajoutaient : « Heureusement, le forain n'a rien eu, ça aurait fait des histoires. »

Il y a eu un murmure dans l'assemblée lorsqu'elle est arrivée. Elle l'avait toujours apprécié. Elle m'avait dit qu'elle aimait bien l'écouter parler, elle avait l'impression de voyager. Je ne sais pas comment elle a appris le drame, mais Roxane était bien là. Tout le monde s'est retourné pour la regarder. Au village, on ne l'avait pas revue depuis des années. Elle est restée au dernier rang à l'église. Quand le curé a commencé à parler, les gens ont fini par l'oublier et ont repensé à Jacques. Pas moi. Mon cœur battait et faisait trembler les boutonnières de ma chemise. Je ne voyais plus le cercueil, je n'entendais pas le curé, j'avais envie de me lever et de partir avec elle.

Et j'ai eu peur qu'elle ne me reconnaisse pas, qu'elle n'aime pas mes mains calleuses, mes épaules un peu plus larges.

Quand nous avons accompagné le cercueil au cimetière, j'ai laissé le reste de l'assemblée me dépasser et je me suis approché d'elle. Quelques personnes se sont interposées pour demander un autographe. Elle les signait avec application et une parole gentille. Elle était belle, qu'est-ce qu'elle était belle, mon Dieu qu'elle était belle.

Elle a redressé la tête, m'a regardé, a murmuré le début de la scène du balcon de Cyrano. Je pouvais la lire sur ses lèvres.

« Qui donc m'appelle ? Moi. Qui moi ? Gino. Le théâtre est une affaire sérieuse, mon Gino. »

Et elle a souri comme avant. Ce n'était pas son sourire de cinéma, c'était un autre sourire, un qui m'a ouvert en deux et m'a fait retomber irrémédiablement amoureux. Elle m'a pris par la main et nous sommes partis. Nous sommes montés dans sa voiture, nous avons traversé les champs en parlant parlant parlant. On avait du retard à rattraper, on avait des conversations à reprendre. Elle ne me parlait pas de Delon ou de Bourvil, elle ne m'a pas dit festival de Cannes ni Hollywood ni Oscars. Et elle m'a donné des nouvelles de sa famille. De son grand-père qui était mort peu de temps après son départ et de sa grand-mère qui était allée s'installer à Arcachon. Et moi, je lui ai raconté l'Aérotrain, je lui ai parlé de Jean Bertin et je lui ai donné des nouvelles de la famille.

« Et la Vieille tante ?

– Ma foi, tu la verrais, elle se porte bien. Je crois qu'elle est devenue hippie... »

Nous nous sommes arrêtés dans un village où je n'avais jamais été. La nuit commençait à tomber et nous avons pris place en terrasse. Personne ne faisait attention à elle. Personne ne faisait attention à nous. Nous avons pris un verre, un autre, et de la purée et des saucisses, et encore un verre. Quand nous avons fini nos assiettes et vidé nos verres, elle s'est essuyé la bouche et m'a dit qu'elle n'avait rien à m'offrir, que sa vie était compliquée et qu'elle allait rentrer chez elle, à Paris, le lendemain. Elle a montré du doigt l'autre côté de la place et m'a dit qu'elle dormait là.

Je ne savais pas quoi répondre. D'un seul coup, j'étais redevenu triste.

Elle m'a dit : « Qu'est-ce qu'on fait ? »

Je ne savais pas quoi répondre. D'un seul coup, j'étais perdu.

Elle m'a dit : « Tu viens ? »

Je ne savais pas quoi répondre. D'un seul coup, je l'ai suivie.

28

C'est l'Aérotrain qui m'a sauvé. Sans ça, je ne sais pas comment j'aurais pu tenir debout. Quand j'ai quitté l'hôtel ce matin-là, j'étais plus amoureux que jamais. Je ne parvenais pas à analyser ce qui s'était passé au cours de cette soirée et de cette nuit, et pourtant j'avais la conviction qu'il ne fallait pas que j'insiste, que je m'accroche. Ça aurait tout abîmé.

Je suis sorti de l'hôtel sans me retourner. J'ai pris un bus et je suis rentré. Et je suis allé sur le chantier où je me suis abruti de travail pendant des semaines. La voie s'étendait à perte de vue, comme un étrange animal à l'arrêt.

Enfin, le 13 novembre 1969, à Chevilly, a eu lieu l'inauguration avec tout le gratin : Roger Secrétain, le maire d'Orléans, André Bettencourt, le ministre du Plan et de l'Aménagement du territoire et Raymond Mondon, le ministre des Transports.

On avait réussi notre part du travail, c'était incroyable et nous l'avions fait. J'y étais, j'avais participé. Le premier Aérotrain du monde allait exister et c'était en partie, en toute petite partie, grâce à moi.

« Trois ans d'avance pour la France », titrait *Paris Match* en novembre 1969, avec excitation. « Ni train ni avion, mais pourtant les deux à la fois (...). Son poids : 20 tonnes qui volent à 3 mm au-dessus du rail de guidage sur des coussins d'air. L'hélice carénée de 2,30 m de diamètre (notre photo) l'entraîne à 300 kilomètres-heure. John Volpe, ministre américain des Transports, a été étonné des premiers résultats : l'Aérotrain français a trois ans d'avance sur tous les autres pays. »

J'y étais enfin, au cœur de mon époque. On n'avait pas eu la Lune mais on avait l'Aérotrain. Notre Lune en pleine Beauce, au milieu des champs, qui transperçait l'air. Toute la presse était unanime et louait les prouesses techniques de l'Aérotrain.

Je me souviens, avec les camarades du chantier, on se passait le *Paris Match* et on commentait. « Pour parcourir, à 6 mètres au-dessus du sol, ses 18 kilomètres de rail en béton, l'Aérotrain met aux essais 6 minutes. Il atteint, grâce à ses deux turbomoteurs de 1 500 CV chacun, la vitesse de 250 kilomètres-heure en 90 secondes. »

« On peut même aller plus vite ! » avait crié l'un d'entre nous.

Nos noms n'étaient pas dans le magazine mais il y avait mieux : notre œuvre en cinq pages et en couleurs. Ceux qui avaient des enfants allaient le leur montrer. On se l'était approprié, l'Aérotrain.

« Ses moteurs sont insonorisés et dans sa cabine (80 passagers) on se croirait en Caravelle. » Et plus loin : « Comme dans un avion, le sifflement des turbines annonce le départ. Mais il s'apaise très vite pour devenir un ronronnement assourdi comme à l'intérieur de Caravelle : l'Aérotrain est parti. »

Voilà de quoi faire taire les mauvaises langues, ceux qui critiquaient le bruit infernal, ceux qui disaient que ça perturbait les vaches, ceux qui disaient que les poules étaient tellement ébranlées qu'elles pondaient des œufs carrés. C'est fou, le nombre de conneries qu'on a pu dire sur l'Aérotrain. La vérité, c'est que c'était beau et que ça allait vite. La vérité, c'est que c'était l'avenir.

Je ne dis pas que tout était parfait. Il s'agissait d'une innovation qui aurait son lot d'améliorations mais déjà : « Il est le seul véhicule au monde à disposer de plusieurs systèmes de freinage : inversion du pas de l'hélice, freins à mâchoire sur le rail, deux parachutes de queue en cas d'obstacle sur le rail. »

Pour nous, c'était la fin du chantier mais le début de l'aventure. On n'a pas douté une seule seconde qu'on allait prolonger la voie. Rien que sur la ligne Paris-Orléans, on avait du boulot pour au moins un an et demi, voire deux. Après, on aurait toute la France, le monde entier. C'était écrit, là, dans le magazine : « L'Aérotrain est la solution au problème de liaison des grandes agglomérations étouffées par la circulation automobile. C'est à ce titre qu'il intéresse non seulement l'Amérique, mais vingt autres pays qui ont envoyé des observateurs pour l'étudier. Ce sera le métro interville de 1980. » On était les rois du monde. Si certains ne voulaient pas partir, d'autres, dont je faisais partie, rêvaient de traverser l'Atlantique. On voulait les grands espaces, les langues qu'on ne parlait pas, on se disait qu'on allait leur apprendre aux Américains, aux Soviétiques, aux Japonais.

En attendant que la ligne soit prolongée, le gros de la troupe était parti chercher du travail ailleurs. Moi, j'étais resté avec quelques autres. Sur un chantier comme ça, il y a toujours des trucs à vérifier, à raccommoder. Mais on savait qu'après, il faudrait circuler à notre tour.

Les ingénieurs continuaient à mesurer tout ce qui était mesurable, à essayer tout ce qui était essayable. Ils ne se quittaient pas, c'était une vraie famille. Ils vivaient ensemble à l'hôtel La Gerbe de Blé à Chevilly, ils fêtaient les anniversaires des uns et des autres.

Et puis Jean Bertin était là et ça, je dois dire que ça m'impressionnait. Ce n'est pas tous les jours qu'on rencontre un génie. Et lui, ça se voyait qu'il n'était pas comme les autres. Il était concentré, tout le temps. Même à table. Ça m'est arrivé de déjeuner pas très loin de lui. Et j'écoutais les conversations. Il parlait technique, innovation. C'était de la poésie d'ingénierie, un Mallarmé aéronautique. Je ne comprenais pas la moitié des mots, mais j'écoutais et j'étais fasciné.

Il est venu me trouver une fois ou deux, pour savoir ce que je faisais exactement. Je ne faisais rien d'important, mais il m'a écouté et m'a remercié. Juste comme ça, une petite tape sur l'épaule et un merci.

Trois mois sont passés et il n'y a plus eu de boulot pour nous. L'usine a même été démontée. Certains sont partis en région parisienne où ça construisait partout. Des tours toujours plus hautes, des bureaux, des immeubles tout confort, la belle vie à portée de tous. C'était ce qu'on racontait, en tout cas.

Je me suis fait réembaucher à La Source, mais je rongeais mon frein et je retournais parfois sur le chantier. On avait appris à se connaître les uns les autres. Daniel Ermisse pilotait sa machine. Il avait, à chaque fois, un mot sympa. Quand je lui demandais quand on prolongerait la voie, il levait les yeux au ciel et me répondait : « Toujours rien ! » Et parfois il me faisait monter. Son grand jeu, c'était de faire la course avec le train de la SNCF dont la ligne longeait celle de l'Aérotrain. Le Capitole, c'était tout de même une référence, un train qui filait à 200 kilomètres-heure. Et ça ne manquait pas, l'Aérotrain le doublait systématiquement. Il avait même le temps de faire son demi-tour et de repartir pour croiser le Capitole dans l'autre sens.

Tout ça, je l'écrivais à Roxane dans des lettres que je n'envisageais même pas de lui envoyer. Je me disais que je le lui raconterais un jour. La prochaine fois qu'on se verrait. Je n'avais pas perdu espoir.

Toujours rien du côté de l'Aérotrain. Ça discutait dans les ministères, ça pinaillait dans les conseils généraux. Le Premier ministre Pompidou avait pourtant tout de suite été séduit par le projet. Et lorsqu'il est devenu président, il a continué à le soutenir. On évoquait une ligne qui relierait l'aéroport d'Orly au futur aéroport de Roissy, on évoquait des exportations partout dans le monde, on évoquait des grands tracés. C'est finalement une ligne entre le quartier de la Défense à Paris et la ville nouvelle de Cergy qui allait se faire. Dix minutes seulement pour parcourir les vingt kilomètres grâce à l'Aérotrain.

Comme beaucoup, j'étais à la fois soulagé et déçu. Une ligne aussi courte, c'était frustrant. Pas de quoi exploiter toutes les possibilités des machines. Mais enfin, l'Aérotrain allait exister et c'était l'essentiel. On allait montrer au monde entier que ça fonctionnait. Et on allait pouvoir construire cette voie. J'allais reprendre du service avec quelques camarades.

Alors j'ai voulu me rapprocher. Être prêt pour le jour où ça allait démarrer. Je suis allé à Paris. J'imaginais naïvement que j'allais y retrouver quelque chose de mon enfance. Mais mon enfance n'y avait rien laissé, pas même l'ombre de mon père. Je me suis fait embaucher sur le chantier de la tour Montparnasse qui avait débuté presque en même temps que celui de la voie d'essai. Un chantier colossal pour une tour de plus de deux cents mètres de haut qui tenait grâce à des piliers en béton armé enfoncés à soixante-dix mètres dans le sol. C'était bien. C'était bien, mais cela n'était pas une révolution.

On a inauguré la tour Montparnasse en 1973 et la situation était toujours bloquée du côté de Cergy. J'ai enchaîné avec le chantier des Halles. Un trou énorme au milieu de Paris. Et chaque jour, j'épluchais la presse pour savoir. Quand allait-on s'y remettre ?

Les élus n'étaient pas d'accord sur le tracé, sur les financements, sur les arrêts intermédiaires. Mais on s'approchait, on s'approchait, le ministre des Transports était sur le coup, toujours appuyé par le président Pompidou. Une société d'exploitation a été créée et, début 1974, enfin, le ministère des Finances a entériné le projet. L'Aérotrain, c'était pour demain.

RÉCLAME

À quoi sert le progrès
Si vous n'en profitez pas
CITROËN CX

Quand vous passerez du noir à la couleur
Faites-le donc avec Brandt
L'achat d'un téléviseur couleur est
une affaire trop importante pour ne pas
l'effectuer avec toutes les garanties.

Saupiquet : depuis 1882 que nous mettons du
thon en boîte, nous avons appris à le préparer.
Nous le préparons de 10 manières différentes.
Saupiquet ne met en boîte
que le meilleur des meilleurs thons.

29

Chaque fois que je rendais visite à ma mère, j'en profitais pour aller faire un tour du côté de la voie d'essai.

Cinq années étaient passées. Et tous les matins, la même routine, une draisine passait pour vérifier qu'il n'y avait pas de corps étranger sur la voie. C'était un véhicule étonnant, bricolé maison : deux motos tête-bêche accrochées à un châssis qui se calait sur le rail. Ce n'est qu'après que la journée commençait. Des allers-retours avec Ermisse aux commandes. Et, à l'arrière, une charge équivalente à quatre-vingts passagers pour que les tests soient fiables. Évidemment, impossible d'avoir quatre-vingts cobayes tous les jours, alors ils mettaient des paquets de journaux sur les sièges pour faire le poids, quatre paquets de vingt kilos, emballé c'est pesé.

Un jour, Daniel Ermisse m'a fait monter dans sa cabine. Tout était éteint.

« Quand tu vas toucher ces commutateurs, tu vas savoir ce qui se passe. »

Et là, de sa main droite, il m'a fait signe de les baisser.

Il y a eu une espèce de vrombissement que je connaissais déjà bien.

Et l'Aérotrain s'est soulevé de cinq millimètres, cinq minuscules millimètres qui suffisaient à ce que la magie opère.

J'avais les larmes aux yeux. J'avais l'impression que toute ma vie n'avait eu qu'un but et que je venais de l'atteindre. Je n'osais pas regarder Daniel Ermisse. J'étais assis, le dos droit sur mon siège et je regardais face à moi, en essayant de respirer calmement.

Le soleil se couchait.

J'ai pensé à Roxane. J'aurais aimé qu'elle soit là.

Je prenais conscience que j'étais réellement dans la cabine de l'Aérotrain, l'horizon était orange, rouge et rose, la machine a commencé à avancer et à filer, filer, filer dans un souffle, facile, face au fil de la voie que j'avais façonnée.

Pendant tout le voyage, nous n'avons rien dit, nous avons réalisé un aller-retour et le soleil n'avait toujours pas passé la ligne d'horizon. Daniel Ermisse m'a fait un clin d'œil :

« Même le soleil attend pour profiter une dernière fois de l'Aérotrain, avant de se coucher. »

C'est au mois de mars de cette année 1974, alors que ça discutait du côté de Cergy, que l'Aérotrain est entré dans l'histoire avec son record à 430 kilomètres-heure. C'était devenu le principal objectif de Jean Bertin : battre un nouveau record pour enfoncer le clou. Depuis quelque temps déjà, on avait remplacé les hélices par un moteur de Caravelle. Autant vous dire que le voisinage n'était pas ravi ravi.

Ça faisait un sacré barouf. Imaginez un avion qui passe sur un rail et vous aurez une idée de la nuisance sonore. Sauf que c'était provisoire, juste le temps d'un record, juste le temps de quelques mesures et de quelques flashs de photographes avant de revenir à l'hélice. Certains n'ont retenu que ça. Le bruit. Des années plus tard, on m'en parle encore.

Et pourtant, ce 5 mars 1974, l'Aérotrain file à 430,2 kilomètres-heure. Record du monde. Et ce n'est que le record officiel : même si l'Aéroclub de France n'était pas là pour l'homologuer, Daniel Ermisse est allé au-delà.

Et pourtant. Et pourtant. Et pourtant et pourtant. Et pourtant, nom de Dieu, et pourtant.

Tout s'écroule le 2 avril. Je suis chez moi en train de regarder *L'Homme de Kiev* de Frankenheimer, sur la deuxième chaîne, lorsque, à 22 h 15, le programme s'arrête. « Nous interrompons ce film. Le Président de la République est mort. »

J'ai du mal à y croire. Pompidou, merde. Je reste hagard face au poste. Je me souviens de la voix de Léon Zitrone, plus tard, qui me sort de ma torpeur. Bien sûr, certains disaient qu'il était en mauvaise santé, mais on n'en savait trop rien, il ne s'agissait que de rumeurs, de suppositions parce qu'il avait pris du poids et que ça ne paraissait pas tout à fait normal. La journée du lendemain, on ne parle bien évidemment que de cela. Dans la rue, dans les commerces, dans les bureaux, dans les fermes, dans les aéroports, dans les gares, dans les cafés.

Je l'aimais bien, ce président. Je me souviens d'une conférence de presse où il avait cité Paul Éluard.

On a beau dire, un président qui cite Éluard, ça s'apprécie. Pour le reste, je dois bien admettre que je ne me suis jamais beaucoup intéressé à la politique.

Je n'ai pas mesuré à ce moment-là les conséquences que cet événement aurait sur ma vie.

Le 27 mai 1974, Valéry Giscard d'Estaing arrive à la présidence. Là encore, je n'avais pas vraiment d'avis. J'étais assez content d'avoir un président jeune... Mis à part ça, je n'avais pas grand-chose à ajouter.

Pour autant, quelques semaines ont suffi à ce que je me fasse un avis ferme et définitif. Le jeudi 18 juillet 1974, un jour comme un autre. Je bosse sur le chantier des Halles. Je rentre chez moi, j'allume la télé. « Et puis depuis hier soir, nouvelle spectaculaire victime de l'austérité, l'Aérotrain qui devait relier La Défense à Cergy-Pontoise... Le projet a tout simplement été abandonné. »

Je n'ai pas écouté la suite. Je suis monté dans ma voiture et j'ai fait la route jusqu'à Chevilly. Tout le monde était sous le choc. Et on savait bien, on savait très bien ce que cela signifiait. C'était le seul vrai projet. Même s'il n'était pas parfait, même si ce n'était pas le plus à même de mettre en valeur les qualités de l'Aérotrain, ça allait être une vitrine. Et c'était une commande, la première vraie commande.

Personne ne l'avait vu venir. Tout le monde était inquiet. Très inquiet.

D'un seul coup, tout s'est arrêté. Depuis des années, on avait enchaîné les tests, les brevets, les visites présidentielles, les heures sur la voie. Et d'un coup d'un seul. Tout s'est arrêté. Tout. Impossible d'y croire. Impossible.

Jean Bertin était abattu, mais il a insisté, il a dit qu'il fallait continuer, il a réduit la voilure, forcément. Il a demandé à Daniel Ermisse de rester sur place avec un mécanicien. Il cherchait de nouveaux contrats, de nouveaux débouchés. Il n'y croyait plus comme avant, mais il continuait à se battre. Les potentiels clients étrangers se sont montrés inquiets de ce revirement et ont tous renoncé au projet. Ce n'était pas définitif. Disons plutôt qu'ils attendaient de voir ce qui allait se passer.

L'heure n'était plus à l'Aérotrain. Il était enterré. C'est à ce moment-là qu'on a commencé à réécrire l'histoire, à raconter qu'il n'était pas fiable et qu'il allait coûter une petite fortune. On a dit qu'il ne pouvait pas fonctionner à l'électricité, on a dit qu'il ne pourrait pas transporter plus de quatre-vingts passagers, on a dit qu'il était effroyablement bruyant, on a dit qu'il n'offrait pas de garantie de sécurité. On a dit choc pétrolier et récession. On a dit fermez-la. On a dit TGV.

Et Jean Bertin s'est muré dans le silence, rongé par le désastre.

Comme dernier clou pour le cercueil, Valéry Giscard d'Estaing a décidé de la mise en place d'une ligne Paris-Lyon sur laquelle circulerait ce fameux train à grande vitesse, ce véhicule dont le monde commençait à parler. Moins d'innovations, c'est certain, plus classique c'est sûr... Et Jean Bertin a continué à se murer dans le silence.

Et Daniel Ermisse a continué à faire avancer son véhicule du futur.

Une année est passée, rien ne s'est passé.

Je suis rentré chez ma mère pour les fêtes de Noël 1975.

C'est en ouvrant le journal que j'ai appris la mort de Jean Bertin, dans la nuit du 20 au 21 décembre, à cinquante-huit ans, d'une tumeur au cerveau. À peine plus d'un an après l'abandon du projet. Sur le moment, j'ai pensé, et je ne suis pas le seul : « C'est Giscard qui l'a tué. »

Il y a eu du silence sur la voie. Un long silence qui a transpercé la nuit. Comme un souffle qui a glissé le long des dix-huit kilomètres de béton sans s'arrêter. Un souffle qui a continué bien au-delà.

Puis il y a eu des hommages. On a loué le visionnaire, on a célébré l'ingénieur, on a reconnu l'inventeur. Et l'Aérotrain a repris ses allers-retours sur la voie. Pendant encore trois ans, il a repris ses allers-retours. Il ne restait plus que Daniel Ermisse, fidèle au poste, accompagné d'un mécanicien. Il fallait l'entretenir au cas où une commande viendrait.

Aucune commande n'est venue.

En 1978, tout était fini. L'Aérotrain a regagné son hangar. L'équipe est repassée pour démonter les motorisations. C'était l'hiver et il y avait tant de neige. Tant de neige et de désespoir. C'était la fin de l'histoire.

Je me suis senti orphelin. On m'avait volé mon rêve. Je continuais à bosser sur divers chantiers. C'était pas ce qui manquait, malgré le choc pétrolier. Mais j'y mettais moins d'entrain. Je n'avais plus de but. On construisait des immeubles, des tours, du déjà-vu.

Et on parlait du TGV. C'était comme si l'Aérotrain n'avait jamais existé, comme si on l'avait effacé de la mémoire collective.

Quand je ne travaillais pas, je marchais. C'est le seul moyen que j'avais trouvé pour mettre un peu d'ordre dans mes idées. Je regardais la ville. Je regardais les nouveaux monuments, me demandant lesquels allaient défier les siècles. J'arpentais les rues de Paris, en faisant un catalogue des réussites. Je m'asseyais parfois sur les marches du Trocadéro et je regardais la Tour qui s'élevait face à moi et qui surplombait toute la ville. Je me disais que le nom d'Eiffel était connu dans le monde entier. Lui aussi avait dû se battre pour imposer son projet. On lui avait mis des bâtons dans les roues, mais il avait tenu bon. Je repensais à Jules Bourdais qui était son concurrent sur le projet et dont plus personne ne se souvenait. Je me demandais si Jean Bertin subirait le même sort.

Histoire de Jules Bourdais

S'il y a un nom que l'on prononce rarement, c'est bien celui de Jules Bourdais. Et pourtant, il était sur toutes les lèvres à la fin du XIXe siècle. Prenons un très bref instant pour le raviver dans nos mémoires.

Né à Brest en 1835, Jules Bourdais sort diplômé de l'École centrale des arts et manufactures de Paris. Il ne tarde pas à se faire connaître en construisant notamment une église à Nègrepelisse, dans le Tarn-et-Garonne, puis la mairie du 19e arrondissement de Paris en compagnie de l'architecte Gabriel Davioud. Mais c'est en 1876 qu'il triomphe avec ce même Davioud. C'est en effet eux qui gagnent le concours de construction du palais du Trocadéro pour l'Exposition universelle de 1878. Sa carrière est à son apogée, tous les voyants sont au vert lorsqu'il se lance corps et âme dans un autre concours : celui pour l'exposition universelle de 1881. Son projet ? Élever un phare à Paris. Sa « colonne-Soleil », une tour de plus de trois-cents mètres de haut qui illuminera la capitale de ses rayons. Elle sera en granit, immense, colossale, du jamais vu. C'est un monstre dont la base dépassera la hauteur des tours de Notre-Dame, un phénomène d'ingénierie qui éclairera la ville jusqu'aux confins de Levallois et de Neuilly. Elle abritera des galeries, des colonnettes, un musée, une statue du Génie de la science... Ça fait la une des journaux, on ne parle plus que de cela.

De cela et du projet concurrent, celui d'un certain Gustave Eiffel et de sa tour de métal.

Nous connaissons la fin de l'histoire : le projet Bourdais coûte cher, pèse terriblement lourd sur le sol et les finances publiques, il ne sera pas retenu.

Jules Bourdais meurt le 2 juin 1915. Il aura vu son Trocadéro accueillir une partie des expositions universelles de 1889 et 1900, il aura vu, face à ce palais, s'élever la tour de son grand rival. Il n'aura pas vu la démolition de son palais en vue de l'exposition universelle de 1937, pour bâtir celui que l'on connaît aujourd'hui.

En 1932, on décide de donner son nom à une rue du 17e arrondissement de Paris. La rue mesure 132 mètres de long et 20 de large.

30

J'ai hésité à retourner à La Source où les travaux continuaient. Je me suis imaginé revenir dans mon modeste appartement. J'ai repensé à ce jour où ma mère avait ouvert de grands yeux devant mon petit luxe tout relatif. C'était une dizaine d'années auparavant et le monde avait tellement changé. Davantage de voitures, de tours, d'autoroutes, de parkings, d'hypermarchés... Et plus personne pour aller sur la Lune ni sur la voie d'essai.

La voie n'avait pas été démolie. Elle longeait la départementale 2020 et la voie ferrée. On disait que ça pourrait servir. On disait que ça coûterait trop cher de la démonter. C'est qu'on avait fait du bon boulot. On y croyait. Les rêveurs y croyaient, en tout cas. Il m'arrivait d'aller la voir. Sans raison. Je garais ma voiture sur le bord de la route et je la regardais et me noyais dans mes souvenirs. Il m'arrivait de croiser des promeneurs qui me disaient que c'était bien malheureux, cette histoire. J'acquiesçais et je remontais dans ma voiture. Dans ces moments-là, je n'avais pas envie de parler. Il n'y avait rien à dire parce qu'il n'y avait rien à comprendre.

L'Aérotrain fonctionnait et on l'avait laissé là comme un animal abandonné.

J'allais voir ma mère autant que possible. Elle avait ralenti son activité de photographe. Elle en avait assez, de la route. Trop d'automobiles, ça n'avait plus le même charme. J'emmenais la Vieille tante quand elle le pouvait, elle en profitait pour s'installer quelques jours à la campagne. Elles passaient des après-midis ensemble, à écouter la radio. C'était l'époque de Ménie Grégoire et de son émission « Allô Ménie » sur Radio Luxembourg. Cette émission, c'était quelque chose. Je l'avais découverte un jour où j'étais venu à l'improviste. Elles étaient toutes les deux assises à la table de la cuisine, le transistor au milieu. Ma mère allait le couper, comme si elle était prise en flagrant délit, mais la Vieille tante l'avait arrêtée : « Ma foi, ça ne pourra pas lui faire de mal. » Cet après-midi-là, une dame de cinquante ans expliquait qu'elle ne prenait plus de plaisir avec son mari. C'était la première fois qu'on entendait parler de sexe à la radio et que des questions comme le plaisir et le désir des femmes étaient abordées sans détour. Alors, certains ouvraient de grands yeux, s'offusquaient, mais tout le monde écoutait.

Sur le chantier, on avait même pris l'habitude de la mettre quand le chef n'était pas là. Bien sûr, on se marrait, ou on faisait semblant, c'est l'histoire qu'on se racontait. La vérité, c'est qu'on apprenait plein de choses qui ne se disaient pas à l'époque.

Et je pensais toujours à Roxane. Depuis que je l'avais quittée à l'hôtel, des années auparavant, je n'avais plus eu aucune nouvelle. Je la suivais dans la presse. Elle n'était plus avec son metteur en scène depuis longtemps et avait tenté une carrière aux États-Unis. Ça n'avait pas vraiment fonctionné. Elle avait changé de couleur de cheveux, ça m'avait fait bizarre. Sur les photos, j'avais du mal à la reconnaître. Selon la presse, elle avait eu une liaison avec un jeune comédien rencontré à Hollywood, qui lui avait fait découvrir les drogues les plus en vogue. Ça avait fait la une des journaux mais je m'étais refusé à lire tout ça. Je m'étais dit qu'elle me raconterait un jour et que j'aurais sa version. Elle était rentrée en France ruinée. C'est ce qui se disait au village. Je crois bien que ça se moquait, que ça ricanait. Pas devant moi. Et ma mère me disait de ne pas écouter toutes ces histoires.

« Et quand bien même, elle fait ce qu'elle veut, ta Roxane, non ? »

Elle avait dit « ta » et au fond de moi, ça m'avait fait plaisir qu'elle considère que nous étions toujours, d'une manière ou d'une autre, un peu ensemble.

Elle avait enchaîné les rôles dans des comédies plus ou moins réussies. Je les ai toutes vues. Je la trouvais toujours magnifique. Même dans *Le Soda désaccordé*, dans son rôle trop convaincant de barmaid alcoolique qui essaie d'arrêter de boire. Mais je voyais bien qu'on ne l'appelait plus pour les grands films, les grands rôles, ceux qui sont primés dans les grands festivals.

Quant à la vie au village, elle continuait paisiblement. On s'efforçait d'être heureux. J'avais l'impression qu'il y avait moins de monde qu'avant. Le café de Jean-Georges avait fermé. On cherchait un repreneur, il paraît qu'il y a eu un couple du Nord qui était intéressé. Rien ne s'est fait. Il paraît qu'il y a eu un couple du Sud qui était intéressé. Rien ne s'est fait. Il paraît qu'il y a quelqu'un qui allait rappeler, il était très intéressé mais aurait souhaité faire baisser le prix. Rien ne s'est fait et la façade s'abîmait. Quant à René, il s'était complètement desséché sur son comptoir abandonné. On avait pensé un temps l'installer sur le rond-point nouvellement créé à l'entrée du village, mais l'idée a été elle aussi abandonnée.

Lorsque je passais devant le bistrot, je baissais les yeux. Tout le monde baissait les yeux avec, déjà, cette impression de faire partie de l'ancien temps.

Pourtant, le bal continuait. Chaque année, il était là, même s'il y avait eu des bagarres pour des raisons que l'on ignorait. On commençait à dire que les rues étaient moins sûres. Au village, il n'y a toujours eu que trois rues. Et encore aujourd'hui, elles sont sûres, je le sais, je les connais, je les pratique.

Bal de 1976 : l'accordéoniste a disparu, on ne le reverra plus. En revanche, il y a un synthétiseur, les cheveux sont longs dans la nuque, les vestes ont des épaulettes, les pantalons brillent et les yeux sont maquillés. Les jupes des choristes n'ont pas nécessité l'achat de grandes quantités de tissu, « oh les filles, oh les filles ». Le chanteur se fait néanmoins traiter de pédé.

Bal de 1978 : Les cheveux sont encore plus longs. Les pantalons moulants, les musiciens se font, cette fois, traiter de drogués mais on retiendra une ambiance bon enfant. Une reprise approximative de « Waterloo » d'ABBA résonne comme une nouvelle défaite pour la France mais les Bee Gees chantent « Stayin' Alive », alors on reste vivant.

Le bal, c'était le signe du départ, pour moi. Dès qu'il était fini, je rentrais chez moi en région parisienne. Un chez-moi qui changeait tout le temps, en fonction des chantiers. J'avais décidé de m'étourdir, de ne jamais rester au même endroit. Je ne cherchais pas à nouer de liens particuliers avec qui que ce soit. Pourtant, il y a eu Moussa avec qui je me suis tout de suite bien entendu. On s'est raconté nos rêves brisés, on s'est raconté nos jeunesses qui commençaient à sérieusement prendre un coup de bambou. C'est sur le chantier des Halles que je l'ai rencontré. Il se faisait engueuler pour une histoire de béton pas sec, comme si c'était sa faute. Je suis intervenu alors que je n'étais le supérieur de personne. Mais on m'a écouté. Et Moussa m'a offert un verre le soir pour me remercier. Une semaine plus tard, il a été mis à la porte de l'endroit où il habitait. Je n'ai pas bien compris s'il s'agissait de chez lui ou d'un endroit laissé à l'abandon, toujours est-il que je lui ai proposé mon canapé. Il a débarqué avec sa guitare et un petit sac qui contenait toute sa vie.

On a pris l'habitude de nos solitudes, on s'est suivis sur les chantiers et on partageait nos logements, pour faire des économies. Il envoyait de l'argent au pays et moi je participais à l'entretien de la maison familiale. Il y avait eu la toiture à refaire. Et une salle d'eau au rez-de-chaussée, à côté de la chambre de ma mère.

On a vécu de drôles d'années. Le soir, tandis que je m'allumais une cigarette, je lui racontais mes histoires, ou il sortait sa guitare pour chanter des mots que je ne comprenais pas. Lorsque je lui demandais ce que signifiaient ses paroles, il gardait les yeux dans le vague et me répondait que ça parlait « du pays ».

Histoire de Moussa

C'est pour participer à la Grande Guerre que le père de Moussa vint en France. Il y survécut et décida d'y rester pour découvrir la patrie des droits de l'Homme qu'il n'avait pas bien distinguée depuis les tranchées. Il reconstruisit un peu le pays par-ci par-là, ce n'était pas les destructions qui manquaient. Quand il en eut assez de reconstruire ou quand le Sénégal lui manqua trop, il décida de rentrer. Il laissa passer une nouvelle guerre qui ne lui disait trop rien et, à croire qu'il avait la vocation de la reconstruction, il finit par revenir en France, cette fois accompagné de son fils aîné, à peine âgé de dix ans, des rêves de richesse plein la tête et une guitare à la main.

« Si tu sais jouer d'un instrument, tu peux aller partout, mon fils. »

Ils arrivèrent à la gare du Nord, dans le froid, dans le vent. On leur donna une adresse à laquelle ils ne trouvèrent personne. Ils marchèrent et aboutirent du côté de Nanterre dans un bidonville. C'est là que Moussa passa son enfance, au milieu d'une foule cosmopolite : des Portugais, des Espagnols, des Africains et quelques Français aussi.

Des planches entassées en guise de toit. Pas de douche, pas de lavabo, évidemment. Une seule fontaine pour tous les baraquements. Quand il pleuvait dehors, il pleuvait dedans.

Des p'tites filles aux souliers crottés, des p'tits gars qui accumulaient les couches de vêtements pour se protéger du froid. Y avait de la boue partout. Le père de Moussa connaissait bien, il en avait goûté pendant la guerre. Il disait tout le temps : « Ce pays, il a beaucoup de boue à partager. » Mais il y avait du travail, alors ça allait. On lui avait appris à obéir sans poser de question.

Quant à Moussa, c'était seulement sa guitare qu'il avait le droit de travailler. Hors de question de participer aux travaux et de s'abîmer les mains.

C'est l'hiver que c'était plus dur, surtout quand la brigade Z s'y mettait. Une sacrée bande de salopards. On a beau mettre leurs histoires dans tous les sens, il n'y a pas grand-chose pour justifier ce qui se passait. Il a fallu du temps à Moussa pour raconter cette partie de sa vie, il n'était pas du genre à se plaindre :

« Dès qu'on mettait un p'tit coup de ciment pour faire tenir un mur, y venaient tout casser. Interdiction d'avoir du neuf ou du joli. La brigade Z veillait à ce qu'on n'ait pas des idées de s'installer trop longtemps. Ça, mon ami, je peux te dire que ça fait plus mal que le froid ou la boue. Mon père, c'est à ce moment-là que je l'ai vu pleurer la première fois. Y s'est fait tabasser parce qu'il voulait protéger notre maison. »

Le père de Moussa a résisté à la guerre, à la boue et au froid. C'est la maladie qui a eu raison de lui.

On n'a jamais trop su laquelle, mais une qui emporte. Moussa était assez grand et fort pour travailler, alors il a posé sa guitare et a mis les bouchées doubles. Avec une idée en tête : gagner suffisamment pour revenir au pays les poches pleines.

Pas facile pour un p'tit gars de se faire une place. Pourtant, Moussa savait se battre. Pas facile non plus de mettre de l'argent de côté, de trouver à manger et de se dégoter un endroit où vivre à peu près dignement. Surtout quand la brigade Z revient faire du sale.

Il y a eu un incendie au cours duquel Moussa a tout perdu sauf sa guitare.

Il y en a eu un autre au cours duquel Moussa a vu brûler des hommes et des femmes.

On a dit que c'était des accidents, on a dit que c'était criminel.

Moussa en a eu marre, il a décidé de trouver d'autres lieux où dormir, des chantiers en construction, des maisons en attente de démolition. C'est à ce moment-là qu'il a fait la connaissance de Gino.

Gino n'a jamais su que lorsqu'il avait croisé Moussa qui venait d'être chassé de l'endroit où il dormait, ce dernier avait prévu de se jeter dans la Seine. Il était épuisé, il avait froid, il avait l'impression d'avoir échoué en tout. Et il avait trop honte pour revenir au pays.

RÉCLAME

1. Efficace
2. Robuste
3. Silencieux
Une nouvelle génération de lave-vaisselle.
BOSCH
Le prix de la tranquillité

On dirait que certains Français ne sont pas pressés.
Si vous trouvez que certains de vos
déplacements en automobile deviennent
longuets, redécouvrez le train.
Là, que ce soit un dimanche soir ou une
heure de pointe, ça va très vite ; les lignes
droites retrouvent enfin leur utilité.
Rien devant... rien à côté...
130 de moyenne la plupart du temps.
Qu'il vente, qu'il pleuve ou qu'il neige,
vous ne perdez ni votre temps, ni votre
équilibre nerveux. Le train vous fera
retrouver le plaisir de rouler.
SNCF : REDÉCOUVREZ LE TRAIN.

Tempérament fidèle, santé robuste,
Recherche relations durables.
104 Peugeot – une gamme de 6 modèles.

31

On a dû habiter dans une vingtaine d'appartements différents. On n'était pas très regardants sur le confort. Je me souviens de la première fissure que j'avais aperçue, du premier mur à la peinture écaillée dans un immeuble d'après-guerre. Je m'étais fait la réflexion que le bâtiment était pourtant neuf. Un bel édifice des années 1950. Mais le temps avait filé, le neuf de ma jeunesse avait vieilli en même temps que moi, donnant un coup de vieux à la modernité. J'avais essayé de gratter, de réparer, de nettoyer mais rien à faire, l'immeuble avait vieilli.

Dans tous ces appartements, à l'intérieur, un poste de télévision, un poste de radio, une table et deux chaises. Et un tourne-disque, évidemment. La Vieille tante rapetissait et commençait à avoir mal un peu partout bien qu'elle ne se plaigne pas – « Ma foi, c'est bien normal à mon âge » – et continuait à s'occuper de mon éducation musicale.

Elle ne s'était pas remise de la mort de Jim Morrison et de Janis Joplin, quelques années auparavant. « Ma foi, tu as perdu ton Jean Bertin et moi, j'ai perdu ma Janis en 1970 et mon Jim en 1971. » Elle avait croisé plusieurs fois Morrison à Paris, dont une en compagnie d'Agnès Varda et de Jacques Demy. Elle m'emmenait fleurir sa tombe au Père-Lachaise. Lorsque Lennon s'est fait assassiner en décembre 1980, elle m'a téléphoné en larmes. « Les décennies sont trop difficiles à passer, mon Gino. On n'avait pas le droit de le tuer, John. Il ne faisait de mal à personne. Quarante ans, ce n'est pas un âge pour mourir. Ce n'est pas un âge pour se prendre une balle. »

La dame de l'Institut national d'opinion publique a frappé à la porte. Elle s'est installée sur une de mes deux chaises dans la cuisine. Nous nous sommes demandé si John avait été très heureux, assez heureux ou pas très heureux, si Jim et Janis avaient eux aussi eu le temps d'être heureux. Elle a ouvert la fenêtre et a chanté « Imagine » à pleins poumons. Un voisin lui a demandé de la boucler. Elle a hurlé qu'il fallait s'aimer les uns les autres. Un autre voisin lui a répondu que lui, ce qu'il aimerait, c'est qu'elle ferme sa grande gueule. Elle a refermé la fenêtre en constatant que mon voisinage avait l'air *pas très heureux*. Elle a repris sa petite mallette, m'a dit au revoir et a ajouté qu'elle reviendrait bientôt.

Elle a tenu parole. Tous les deux ou trois ans, elle réapparaissait pour me demander si j'étais très heureux, assez heureux ou pas très heureux. Et jamais je ne parvenais à répondre à sa question. Je lui expliquais que Roxane me manquait mais que ça allait, j'avais du boulot.

C'était vrai : pendant plus de trente ans, j'ai enchaîné les chantiers, un peu partout. J'ai parcouru le pays, j'ai bétonné des autoroutes, j'ai bétonné des ports, j'ai bétonné des parkings, des cours, des ponts, des immeubles. Je bétonnais. Moussa m'accompagnait la plupart du temps. C'est lui qui un jour m'a demandé si je trouvais que c'était bien, tout ce béton.

« Ma foi, je ne m'étais jamais posé la question. »

Au même moment, la Vieille tante mourait d'une crise cardiaque. Je l'ai appris le lendemain par un coup de téléphone de ma mère. J'ai toujours pensé que c'était elle qui s'était glissée en moi pour m'inspirer ce « ma foi » et me dire au revoir. Il y avait du monde à son enterrement. Du monde et beaucoup d'histoires, tellement d'histoires que ça en débordait du cimetière. Les gens parlaient parlaient parlaient, et ça empêchait la Vieille tante de mourir tout à fait. Il y avait trop d'histoires pour la laisser partir. On m'a même raconté qu'il y avait eu des histoires en anglais et en d'autres langues. Elle aurait aimé ça, j'en suis certain.

Roxane aussi aurait aimé ça. J'ai espéré qu'elle réapparaîtrait d'un coup, comme lors de l'enterrement de Jacques. Elle avait disparu de mes radars. J'avais beau consulter régulièrement la presse spécialisée, son nom n'apparaissait plus nulle part. Elle était passée de mode. Même au village, lorsque j'y retournais, on parlait d'une « ancienne vedette ».

« Vous savez que nous avons eu notre vedette ici ! Comment c'est-y qu'elle s'appelait déjà ? Ah bah mince, voilà que j'ai un trou de mémoire ! Un beau brin de fille, en tout cas ! »

Parfois, je m'inventais une histoire d'amour pour faire plaisir à ma mère. Elle avait arrêté de travailler depuis peu de temps. Elle voyait moins bien et ne conduisait quasiment plus. Sa bonne vieille Giulietta, comme elle l'appelait, prenait l'humidité devant la maison. Elle passait ses journées à mettre de l'ordre dans ses cartes postales. Elle les classait par département, par ordre chronologique, ou encore par type. Et quand elle avait fini, elle recommençait - j'avais l'impression de me revoir avec mes coupures de presse, dans cette même maison, des années auparavant. Le reste du temps, elle s'occupait du jardin et faisait un brin de ménage.

Elle était devenue étrangement nostalgique et sortait de moins en moins. Je lui ai demandé une seule fois pourquoi elle n'avait pas « refait sa vie ». Elle m'avait expliqué qu'elle l'avait déjà faite une fois et qu'il fallait bien laisser la place aux autres.

J'allais la voir régulièrement, en voiture la plupart du temps et parfois en train. Il y avait toujours ce moment où la voie de chemin de fer longeait celle de l'Aérotrain. À chaque fois, je repensais à cette course entre Daniel Ermisse et le Capitole.

Nous allions au village ensemble. Malgré son âge, elle était toujours restée coquette et continuait à faire son petit effet. Elle avait gardé son port altier, sa démarche élégante. Dans les commerces, on la saluait avec déférence. Je me disais qu'il était loin, le temps où elle faisait scandale. On lui demandait à présent comment elle faisait pour garder une si bonne mine. Elle répondait par un sourire et rougissait légèrement. Les rares fois où nous nous retrouvions tous les trois, avec mon frère, nous prenions toujours un moment pour regarder les albums photos.

Nous faisions plus ou moins les mêmes commentaires, nous ressentions les mêmes émotions aux mêmes moments. Nous restions silencieux sur les premières pages, celles où mon père souriait de toutes ses dents d'Italien prêt à dévorer les Alpes. Nous souriions, parfois nous riions en nous remémorant une histoire dont, en général, la Vieille tante était l'héroïne.

Mon frère avait passé la quarantaine quand il a rencontré quelqu'un. Il travaillait beaucoup et surtout le week-end. Nous le voyions de plus en plus rarement, si bien qu'il a fallu quasiment une année avant qu'il nous la présente. Il nous a donné rendez-vous pour un week-end à la maison – on disait toujours « la maison » pour parler de la maison de ma mère.

Quand ils sont arrivés, ils étaient trois. Le troisième, c'était un petit garçon qu'il tenait dans ses bras. Ma mère en a pleuré de joie. Moi aussi, je crois. Pas parce qu'il avait enfin fondé une famille et fait tout bien comme il fallait, mais parce qu'il avait dans les yeux la lumière qu'il avait perdue en Algérie. Il avait retrouvé sa bonne tête souriante et heureuse. Ça m'a donné l'impression de remonter le temps et de revenir à l'époque où je n'avais pas si mal au dos et où la paume de mes mains était douce.

On a sorti une bouteille de mousseux. On a été heureux. On a trinqué au grand-père qui nous regardait de là-haut.

Quant à moi, je n'avais pas fondé de famille. À ce moment-là, je travaillais sur les chantiers du quartier de La Défense, avec Moussa. On peut dire qu'on en a mangé, du béton. On construisait des dalles, on élevait des immeubles. On a bâti ce qui était, à l'époque, le plus grand centre commercial d'Europe. On parvenait à en être fiers ou à faire semblant de l'être. On parlait de la Tour sans fin de Jean Nouvel qui devait être le plus haut gratte-ciel du monde mais qui n'a jamais vu le jour. Ça m'a rappelé des souvenirs, ce projet qui n'aboutissait pas. Ça m'a rendu un peu triste, je dois dire. Et puis il y a eu la Grande Arche. Ça nous a bien occupés. On avait l'impression de participer à quelque chose. De 1985 à 1989, on a construit ce drôle d'arc de triomphe de bureaux.

Je me suis promené du côté du Louvre voulu par le président François Mitterrand. Ça discutait, ça polémiquait, mais nous, on bossait. Et je dois dire que moi, je l'aimais bien, cette pyramide en verre.

Moussa est reparti au pays juste après, avec un CV de bâtisseur bien rempli et la fierté du travail bien fait. Il avait pris soin d'acheter toute une série de cartes postales représentant la nouvelle pyramide. Nous nous sommes dit au revoir à l'aéroport et j'ai regardé l'avion décoller. J'étais content pour lui, mais ça ne m'a pas empêché d'être triste. Ça pince toujours un peu le cœur de voir partir un ami.

Avec le recul, tous ces chantiers ne pèsent pas bien lourd dans ma vie, mais ils m'ont bien occupé. Certes, pas autant que le projet d'Aérotrain. Mais disons que ça m'occupait l'esprit. Je jetais un œil curieux sur chaque nouveau concours d'architecture, me demandant lequel allait triompher et lesquels allaient tomber dans les limbes de la mémoire, à la manière de Jules Bourdais.

32

Au début des années 1990, on a commencé à évoquer l'ouverture d'un musée consacré à l'Aérotrain. On disait que les engins s'abîmaient dans des hangars à Gometz et dans ceux de la Direction départementale du Loiret, à Chevilly. C'était triste d'imaginer cette incroyable machine dans un lieu comme ça. Étonnamment fragile. On savait que le bâtiment était visité. Il y avait des graffiti, des vitres brisées, quelques bosses sur la carlingue. On racontait même que le gardien des lieux était devenu fou sans que l'on sache pourquoi. Mais tout ça, c'était fini, on allait enfin lui rendre hommage à notre Aérotrain.

Une association s'était organisée, autour du maire de Saran. On allait tout remettre en état et créer un musée des transports innovants que l'on allait placer sous la plateforme Sud de la voie.

J'avoue que ça m'a fait bizarre, d'imaginer mes rêves d'avenir dans un musée.

Le 17 juillet 1991, un incendie a détruit un premier modèle d'Aérotrain, le S44, dans son hangar à Gometz. On s'est dit que c'était pas de chance, on s'est dit que c'était pas juste, mais il restait le plus important, le I-80, celui qui était à la taille réelle, celui qui avait circulé sur la voie d'essais d'Orléans et qui avait battu tous les records. Alors, on a demandé l'autorisation au ministère des Transports de le déplacer pour l'emmener dans le musée. C'est dans la nuit du dimanche 22 mars 1992 que ça s'est passé. Un nouvel incendie.

La machine a fondu, littéralement. Il y avait des larmes de métal sur le sol. Tout le monde était sous le choc.

Quand j'ai entendu ça, je suis allé voir le hangar. On n'avait pas le droit d'y pénétrer. Ça risquait de s'effondrer et les tôles étaient coupantes comme des rasoirs. Ça sentait encore la cendre et le brûlé, mais tout le monde était là, toute l'ancienne équipe, abasourdie.

Il n'y a pas eu besoin d'une longue enquête pour que l'on comprenne que l'incendie était criminel. Tout de même, quand cela a été prouvé, ça nous a fait du bien que ce soit reconnu, même si on n'a jamais retrouvé les coupables. J'étais partagé entre la tristesse et la colère. Ces deux incendies, c'était un attentat contre l'innovation, contre la mémoire. C'était l'injustice de trop, c'était de l'acharnement. C'était comme si on avait voulu gommer définitivement le travail de Bertin et de ses ingénieurs et de ses ouvriers, les spécialisés et les autres. C'était comme si on avait broyé les rêves et les projets. C'était comme si on nous prenait une partie de notre jeunesse et de notre avenir.

Ce jour-là, je me suis réfugié chez ma mère. Je m'approchais à mon tour de la cinquantaine, mais j'ai pleuré comme un gamin. Elle m'a pris dans ses bras, avant de me préparer un hachis parmentier et des îles flottantes. Il y a des pansements qui, s'ils ne guérissent pas, soulagent momentanément la douleur.

C'est la dernière fois que je l'ai vue et je me suis dit que c'était un bel au revoir pour une mère que de sécher les larmes de son fils en lui préparant son dessert préféré.

Elle est partie sereinement, m'a-t-on dit. Un soir, elle n'a pas répondu au téléphone. Le lendemain non plus. J'ai demandé à un voisin d'aller faire un tour. Elle s'était endormie dans son lit. Définitivement. Il y avait un album de famille posé juste à côté. Il était ouvert au tout début. On nous y voyait tous les cinq, avec mon père et la Vieille tante. C'était lors de l'été de la boule à neige.

Avec mon frère, nous avons décidé de garder la maison. Notre maison. Il était convenu que je l'entretiendrais et que je m'y installerais dès que je pourrais arrêter de travailler – j'avais commencé assez jeune, mais il me restait une bonne dizaine d'années à tirer. Il y viendrait avec sa famille pour les vacances. La maison était trop grande pour moi tout seul.

En attendant, je suis retourné en région parisienne.

On a passé l'an 2000 sans voitures volantes. Le Concorde s'est écrasé en flammes et on a fini par arrêter son exploitation. Le paquebot *France* qui ne s'appelait plus France depuis bien longtemps a été démantelé.

De l'aventure de l'Aérotrain, il ne restait plus que la voie. J'ai cru pendant longtemps que tous les véhicules avaient été détruits. C'est ce qui se serait passé s'il n'avait pas subsisté quelques passionnés. À la fin des années 1990, alors que l'heure de ma retraite approchait, j'ai entendu dire qu'un gars était en train de sauver les derniers prototypes. Il s'appelait Thierry Farges et lui aussi était tombé dans la marmite quand il était petit. Je n'ai pas su comment il s'y était pris, mais il avait récupéré les trois derniers modèles subsistants : le 01, le 02 et le Tridim. Ils étaient paraît-il dans un état effroyable, abandonnés au milieu des ronces, abîmés par les caprices du temps et des vandales, oubliés de tous. Il les a retapés pendant des années et j'ai cru comprendre qu'il le faisait toujours. Il paraît qu'ils vont être classés monuments historiques et placés pour de bon dans un musée.

De leur côté, les TGV allaient bien. On a déployé des lignes à grande vitesse dans toute la France et je dois bien avouer que c'est une belle technologie. Moins novatrice que celle de l'Aérotrain, mais une belle technologie.

J'ai terminé ma carrière par le viaduc de Millau en 2004. Je ne pouvais pas rêver mieux, comme fin. Trois années pour construire un viaduc de deux mille quatre cent soixante mètres de long. Forcément, j'ai pensé à mon père, à son téléphérique, et je me suis dit que la boucle était bouclée. Je me suis dit que l'ascenseur social n'avait pas complètement fonctionné mais que ce n'était pas si grave, après tout. Il m'avait transmis son goût pour les défis d'ingénierie. À Millau, ce n'est pas un pont qu'on a construit, c'est un voilier. Faut le voir dans les nuages, faut le voir dans la brume, le matin. C'est un monstre féerique.

J'ai fait des pieds et mains pour en être. Je savais que ça serait mon dernier chantier. J'avais le corps qui criait à chaque mouvement. Je lui en avais trop demandé. Des douleurs partout : aux genoux, aux mains, aux coudes, et même aux longs palmaires. Mais les yeux, ça allait bien. Ils n'en perdaient pas une miette.

Et puis le chantier a été inauguré. Le début d'une aventure et la fin de la mienne. Il y avait la patrouille de France et le président Chirac qui était tout content. On aurait cru que c'était lui qui l'avait dessiné, le viaduc. Il avait déclamé :

« Une France entreprenante et qui réussit, une France qui investit dans l'avenir, une France aux avant-postes du progrès mondial, une France à la pointe de l'excellence scientifique et technique. »

Alors j'ai pensé à Jean Bertin.

Alors j'ai pensé à l'Aérotrain.

Alors j'ai pensé que la France entreprenante n'avait pas tout réussi.

Et je me suis dit que c'était peut-être ça, le chemin. Que les échecs faisaient partie de la route.

Les albums d'Astérix se terminent par un grand banquet. Là, ça s'est terminé par un feu d'artifice. Alors tout allait bien : on n'avait pas l'Aérotrain mais on savait faire la fête.

Quand ma retraite est arrivée, je suis rentré dans la seule maison où j'avais véritablement habité. J'ai pensé à mon père. Cette petite propriété dont il était si fier et qu'il n'avait connue que le temps de quelques étés. Il me manquait encore. J'aurais eu tant de choses à lui demander et tant de choses à lui raconter.

Je crois bien que c'est pour ça que j'ai pris des cours d'italien. Et peut-être aussi pour ne pas rester seul avec mes souvenirs dans cette grande maison. Mon père n'avait toujours pas réussi à fabriquer des câbles assez longs pour descendre du paradis et maintenant que ma mère l'y avait rejoint, je me doutais qu'il allait trouver plus civilisé de rester là-haut avec elle.

Quand le professeur m'a demandé pourquoi je voulais prendre des cours, je lui ai dit que je voulais raconter l'Aérotrain à mon père, dans sa langue natale. C'était un étudiant qui faisait ça pour payer ses études. Un p'tit gars passionné qui avait lu plein de livres et qui en parlait avec passion. Il n'avait jamais entendu parler de l'Aérotrain. Je dois dire que ça m'a fait un drôle d'effet. Je lui ai offert une bière à la fin du cours pour lui raconter l'histoire. Il m'a écouté et j'ai vraiment eu l'impression que ça l'avait captivé. Avant de me serrer la main, il m'a dit qu'il n'y avait pas que l'Aérotrain dans mon histoire, mais que c'était aussi une histoire d'amour, une histoire de famille, une histoire de fin de siècle brinquebalant. Et qu'il fallait l'écrire.

Alors, je m'y suis mis, chaque jour. Et je me suis rendu compte qu'il avait raison. Je suis allé parfois chercher dans les vieilles revues que j'avais gardées. Je crois que pour la première fois de ma vie, j'ai pris le temps de lire les publicités qui s'y trouvaient. Cela ne m'avait jamais vraiment intéressé auparavant. En les lisant avec plusieurs décennies d'écart, j'ai compris à quel point le monde était allé vite. Certainement trop vite. Il a fini par s'emballer sans pouvoir s'arrêter. Il y a eu Internet et la réalité virtuelle, on évoque l'intelligence artificielle. Et demain ? Et demain ? Pourtant, depuis 1972, plus aucun humain n'a foulé le sol de la Lune. Et on nous a échangé nos rêves de voitures volantes contre un continent de plastique, en plein Pacifique.

Un soir, alors que je faisais danser les flocons dans ma boule à neige, on a sonné à la grille. C'était elle. Roxane. Une dame de soixante-cinq ans, avec les mêmes yeux. Elle attendait, accoudée au portail et tenait une boule à neige à la main, celle que je lui avais offerte des années plus tôt. Je me suis approché et elle a murmuré de sa belle voix grave :

« Qui donc m'appelle ? »

Histoire de Gino

Lorsque je suis allée chercher ces pages – celles que vous venez de lire – dans un tiroir du bureau de Gino, je n'ai pas osé les lire tout de suite. Je ne savais pas ce que j'allais y trouver.

Nous avions passé plus de dix ans ensemble depuis que je m'étais appuyée sur le portail.

J'ai attendu un jour où il faisait beau. Je me suis levée, je me suis fait un café et me suis installée dans le fauteuil que sa mère avait acheté à la fin des années 1970.

Lorsque j'ai fini ma lecture, le soleil était déjà haut dans le ciel et le couple de danseurs s'enlaçait dans la boule à neige.

Comme il l'a souhaité, j'ai pris la liberté d'ajouter quelques feuillets à l'ensemble qu'il avait écrit. J'y ai même ajouté un poème qu'il avait écrit il y a longtemps.

Je m'en suis longtemps voulu de l'avoir quitté. Il ne faut pas croire, ce n'était pas une décision facile. Je ne lui ai pas dit mais toute ma vie, je lui ai écrit des lettres. Des dizaines de lettres jamais postées. « À quoi bon ? » me disais-je.

C'est une pensée étonnante de se dire que lui, de son côté, faisait la même chose. Des dizaines de lettres qui ne se sont répondu que par leur absence. Notre correspondance amoureuse a vécu sans que personne ne puisse la lire. Pas même nous.

Je me suis trompée sur mon bonheur. Je croyais pourtant l'avoir trouvé. Je mentirais en disant que je n'ai que des regrets, parce que pour moi, au début, la question ne se posait pas. Avec le recul, c'est évident que ma carrière aux États-Unis est un échec. Et alors ? Il aurait mieux valu que je ne tente pas, que je reste en France alors que tout me pressait de l'autre côté de l'Atlantique ?

Je suis revenue deux fois au village. La première pour l'enterrement de Jacques. La seconde, ce devait être à la fin de l'année 1987. Je me rendais chez mes parents qui habitaient toujours à Bordeaux. Si nos relations n'ont jamais été bonnes, je continuais à aller les voir pour les fêtes de Noël. C'était l'occasion d'entendre mon petit lot de « tu n'as pas honte ? », de « qu'est-ce que les gens vont penser de nous ? », de « non mais ce n'est pas une tenue Roxane ! » et de « on t'avait prévenu que c'était pas une carrière pour toi ! »

Mais peu importe, cette année-là, j'avais décidé de faire un détour. Pas un grand détour, à vrai dire : si l'on trace une ligne entre Paris et Bordeaux, Orléans n'est pas bien loin.

Je me disais que je voulais revoir le village de mes grands-parents.

Évidemment, je me mentais.

C'était Gino que je voulais voir. Il devait être chez sa mère pour Noël.

Je me suis garée à une cinquantaine de mètres de chez eux pour ne pas attirer l'attention.

Il y avait de la lumière à la fenêtre. Je n'ai pas osé frapper et je me suis contentée de regarder à travers le carreau. Il était assis face à moi et ne me voyait pas. À côté de lui, sur un grand fauteuil, une femme que je ne connaissais pas. Un enfant a descendu les escaliers et s'est installé sur les genoux de Gino avec un grand livre. Mon cœur s'est serré. La scène était belle mais mon cœur s'est serré. Je ne sais combien de temps je suis restée face à ce tableau. Assez longtemps pour qu'une couche de givre se forme sur mon pare-brise.

Ce n'est que des années plus tard que j'ai compris que l'enfant était le neveu de Gino. Si j'avais frappé à la porte, si j'avais toqué à la fenêtre, on m'aurait fait signe d'entrer et j'aurais vu son frère affairé dans la cuisine, j'aurais certainement passé un bout de la soirée avec eux. Et j'aurais retardé la litanie de reproches familiale. Peut-être aurais-je eu droit à un « c'est à cette heure-ci que tu arrives ? La dinde est froide ! »

Au lieu de cela, je me suis raconté une autre histoire de Gino. Une histoire dans laquelle il avait bâti une famille que je n'avais pas le droit de détruire ou d'abîmer. Je me suis dit que j'avais eu ma chance et que je l'avais laissée filer.

Tout ce qu'il a écrit sur moi est vrai. Il n'a pas cherché à enjoliver ni à ternir ses souvenirs. Il y a intercalé des coupures de presse, des articles sur ma carrière, ainsi que quelques notes qu'il avait prises. J'ai essayé d'en faire un condensé et tant mieux si le portrait est flatteur et tant pis si on me juge prétentieuse ou arrogante. J'ai passé ma vie à être jugée. Quant à ce que j'ai ajouté à propos de Jacques, de la Vieille tante, de Jean Bertin, de Moussa et de Jules Bourdais, je le tiens en grande partie de Gino qui avait consigné des notes dans un carnet, en petite partie de ce qu'on m'a raconté par la suite.

C'est lui qui m'a fait promettre de compléter. Il s'était arrêté d'écrire à mon retour.

Il m'a dit : « Il faut écrire la Vieille tante, il faut écrire Jean Bertin, il faut écrire Jacques, il faut écrire Moussa. Sinon, on va les oublier, comme Bourdais. Écris aussi quelques lignes sur Bourdais, s'il te plaît, mais sois brève : son projet ne tenait pas la route. Puis il faut écrire sur toi, tu écriras ce que je ne sais pas. Et il faudra faire lire. Ce qui est lu est immortel. »

Il ne m'a pas dit « il faut écrire Gino » parce qu'il n'a jamais cru à son importance. Il se voyait en simple figurant et avait réussi à s'en satisfaire.

Gino a toujours été davantage qu'un rêveur. Il a toujours eu cette foi indéfectible en l'avenir. Cette propension à voir le bien plutôt que le mal. Ç'a été douloureux pour moi quand j'ai compris qu'il n'avait jamais douté ou presque de mon retour.

Lorsque je l'ai revu, j'ai su que j'avais retrouvé ma place. Dans cette vieille maison où il habitait quand je l'ai rencontré. Il n'avait, dans le fond, pas tant changé. Ses cheveux avaient blanchi, il avait un peu de ventre, il mettait un peu plus de temps à se lever de son fauteuil. Mais ses yeux étaient les mêmes. Il aurait pu me faire des reproches. Il aurait pu me dire que j'en avais mis du temps. Il m'a seulement prise dans ses bras, s'est reculé et m'a murmuré que je n'avais pas changé depuis la boule à neige. Il a sorti une bouteille de champagne qu'il gardait depuis des années pour fêter ça. Je n'ai pas pu m'empêcher de rire : Gino avait une fête en réserve. C'est cela peut-être la clef du bonheur : garder une bouteille au frais parce que l'on sait que la fête viendra.

On a eu de belles années. Elles auraient dû être plus nombreuses. Mais je ne devrais pas écrire ça. Gino m'a toujours empêchée de dire ce genre de choses. On ne peut pas revenir en arrière, il faut profiter de ce qui nous reste.

Je ne sais pas quand il a appris pour sa maladie. Il ne m'a pas montré sa tristesse. Je ne suis même pas certaine qu'il en ait véritablement ressentie. Il m'a dit « faut profiter, faut profiter ». Alors on a dansé et on a bu. Et on a bien mangé et on s'est promenés. On est remonté sur des vélos et on est tombés. On aurait pu se faire mal. On n'avait plus l'âge pour tomber. Et puis il a toussé. Et puis il s'est affaibli. Il souriait encore mais moins grand. Pourtant, il continuait à danser. Et on a fait l'amour.

Il y avait du monde, à son enterrement. Tout le village et plus loin encore. Des gens que je n'avais jamais vus. Moussa était là. Il avait traversé un continent et une mer pour rendre hommage à son ami. Il y avait aussi, j'en suis certaine, Jean Bertin et la Vieille tante. Et ses parents, descendus en téléphérique spécialement pour l'occasion, pour le ramener avec eux.

C'était lui la vedette, ce jour-là. Tout le monde l'aimait bien, Gino. Et moi je l'aimais.

J'ai posé sa boule à neige sur sa tombe. J'ai pensé que ça lui ferait de la compagnie. Les danseurs m'ont fait signe qu'ils continueraient à danser au-dessus de lui.

Quand je suis rentrée chez nous, j'ai aperçu cette dame qui attendait devant le portail. Je ne l'avais pas vue depuis des années. Elle avait vieilli mais je l'ai reconnue immédiatement. Elle m'attendait un carnet à la main. La dame de l'Institut français d'opinion publique. Elle voulait savoir si Gino avait été très heureux, assez heureux ou pas très heureux.

REMERCIEMENTS

C'est en 2018, alors que le train m'emmenait à la Foire du livre, que j'ai entendu pour la première fois parler de cette histoire. François-Xavier Delmas, qui venait de publier *Ma vie de saint* aux éditions Anne Carrière, était assis en face de moi. Il me montra cette étrange structure de béton qui longe la ligne de chemin de fer sur 18 kilomètres. « Sais-tu ce dont il s'agit ? » me demanda-t-il, avant de me parler de l'Aérotrain. Merci, François-Xavier, de m'avoir mis sur la voie.

Des années plus tard, pour en apprendre davantage, je me suis tourné vers l'Association des amis de Jean Bertin, grâce à qui j'ai pu me procurer le livre de Jean Bertin et Raymond Marchal, *L'Aérotrain ou les difficultés de l'innovation* ainsi que les trois DVD *Développement du coussin d'air jusqu'à l'Aérotrain*, *Au bout du rail* de Bruno Le Roux et Fabrice Richard et *L'Aérotrain, la vie d'après* de Corinne Brian Rosa. Pour approfondir, je me suis tourné notamment vers les archives de l'INA et celles du journal *Le Monde*.

Merci à Daniel Ermisse et Danièle Jannot qui ont participé à la grande aventure de l'Aérotrain, ainsi qu'à Thierry Farges, l'un des grands artisans de la rénovation des derniers modèles existants, avec qui j'ai eu la chance de pouvoir m'entretenir. Ce livre aurait été bien différent sans leur précieux témoignage.

Un énorme merci à mon éditeur David Meulemans pour sa confiance et son amitié.

Merci également à son équipe rapprochée, Alejandro, Ève, Elena.

Merci à Emmanuelle et à Séverin.

Merci à Erika, *partner in crime*, après les champs de bataille de la Grande Guerre, nous avons parcouru d'autres voies, celle de l'Aérotrain, celle de Gino, celle de chaque ligne de ce roman.

Merci à Marie-Laure pour le travail acharné et minutieux, tout au long des trois (Quatre ? Cinq ?) lectures.

Merci à Nicolas pour les lectures toujours généreuses.

Merci à Alexandrine, pour la présence et la lecture.

Merci à Claire pour les corrections.

Merci à Emmanuel pour le violon, la boîte à cigare et les boucles sous les Doc.

Merci à Milo et Elliot, merci à Maïa et Pierre pour la présence malgré les absences.

Merci à Ysabelle pour la souplesse de l'organisation.

Merci à Carla pour cette histoire de long palmaire qui a permis de muscler mon texte.

Merci à Philippe Matsas pour les photos.

Merci à la Lune, sans elle, ni marées ni premiers pas.

Pour les images, la musique et les mots, merci à Robert Bresson, André Cayatte, Claude Chabrol, Jacques Demy, José Giovanni, Jean-Luc Godart, Gilles Grangier, Nelly Kaplan, Georges Lautner, Louis Malle, Edouard Molinaro, Gérard Oury, Maurice Pialat, Jean Renoir, Yves Robert, François Truffaut, Claude Sautet, Jacques Tati, Bertrand Tavernier, Agnès Varda, Henri Verneuil, Jean Yanne et leurs amis, leurs collègues et leurs techniciens.

Merci aux Beatles, aux Doors, aux Kinks et à tous ceux qui sont capables de faire vibrer la Vieille tante.

Merci aux Vieilles tantes, aux frères, aux parents, aux cousins, aux amis.

Merci aux représentants, aux libraires, aux médiathécaires, aux enseignants et à tous les passeurs de livres.

Merci à D & C.

Et je laisse les derniers mots à Jean Bertin qui écrivit un jour ceci : « Si je venais à disparaître avant que l'affaire de l'Aérotrain soit réglée de façon satisfaisante, je veux dire ceci : (...) la vie est merveilleuse et quoi qu'en disent certains, elle comporte plus d'espoir que de crainte. »

Cet ouvrage a été achevé d'imprimer
pour le compte des éditions Aux forges de Vulcain
par Rotolito SPA, à Pioltello,
en juillet 2025.

Imprimé en Italie
Dépôt légal : août 2025
N° d'édition : 197 - N° d'impression : XXXX